PRIX	BIBLIOTHÈQUE POPULAIRE	PRIX
50 CENTIMES	DU THÉATRE MODERNE	50 CENTIMES

LES CHEVALIERS

DE LA

TABLE RONDE

OPÉRA BOUFFE EN TROIS ACTES

Paroles de **M. H. CHIVOT** et **A. DURU**, Musique de **M. HERVÉ**

Édition conforme à la première Représentation de la Reprise, donnée le 2 Mars 1872, au Théâtre des Folies-Dramatiques.

PARIS

E. DENTU, ÉDITEUR

LIBRAIRE DE LA SOCIÉTÉ DES AUTEURS ET COMPOSITEURS DRAMATIQUES

ET DE

LA SOCIÉTÉ DES GENS DE LETTRES

Palais-Royal, 17 et 19, Galerie d'Orléans.

1872

Librairie de E. DENTU, Éditeur, Palais-Royal.

GALERIE D'ORLÉANS, 17 ET 19

PRIX
50 CENTIMES

BIBLIOTHÈQUE POPULAIRE
DU THÉÂTRE MODERNE

PRIX
50 CENTIMES

LES CHEVALIERS
DE LA
TABLE RONDE

OPÉRA BOUFFE EN TROIS ACTES

Paroles de M. H. CHIVOT et A. DURU, Musique de M. HERVÉ

Édition conforme à la première Représentation de la Reprise, donnée le 2 Mars 1872, au Théâtre des Folies-Dramatiques (*).

PERSONNAGES

LE DUC RODOMONT.............	MM. MILHER.	MÉLUSINE, enchanteresse.........	Mmes SALLARD.
ROLAND, chevalier errant.........	LUCE.	La duchesse TOTOCHE, femme de	
MÉDOR, jeune ménestrel........	GARDEL.	Rodomont...................	LASSÉNY.
MERLIN II, enchanteur et maître		ANGÉLIQUE, fille de Rodomont....	VIZENTINI.
d'école....................	VAUTHIER.	FLEUR DE NEIGE,	C. MOYSE.
SACRIPANT, grand sénéchal......	VAVASSEUR.	PRIMEVÈRE, compagnes de	Z. BIED.
AMADIS DES GAULES,	SPECK.	RÉGINA, Mélusine.	E. FÈVRE.
LANCELOT DU LAC, chevaliers errants.	VICTOR.	CASILDA,	JULIA.
RENAUD DE MONTAUBAN,	LAURET.	UN PAGE......................	HAAG.
OGIER LE DANOIS,	WAGNER.		

Seigneurs, Dames d'honneur, Écuyers, Soldats, Bourgeois et Bourgeoises.

Pour la mise en scène, s'adresser à la Régie du Théâtre des Folies-Dramatiques.

ACTE PREMIER

Le théâtre représente une place publique d'une ville du moyen âge. — Au fond, une grande porte avec un mur de chaque côté ; au-dessus de cette porte sont écrits ces mots : *Château du Sire de Rodomont.* — Sur le mur on lit : *Défense d'afficher, sous peine d'amende.* — A gauche, au premier plan, une maison à tourelles avec une enseigne portant ces mots : *Merlin II, enchanteur, successeur de son père. — Pensionnat de demoiselles ; éducation de famille.* — A droite, également au premier plan, une autre maison dorée et bariolée, avec une large fenêtre grillée ; au-dessus de la porte, une enseigne : *Mélusine, magicienne, brevetée S. G. D. G. — Liquidation générale. — Grand Rabais.* —

SCÈNE PREMIÈRE

Au lever du rideau le théâtre est garni de monde *Bourgeois, Bourgeoises, Gens du peuple, Écuyers, paysans et paysannes*, qui se montrent l'enseigne posée sur la maison de Mélusine.

CHŒUR GÉNÉRAL.

Pour la vente qui se prépare,
Amis, accourons en ces lieux,
Et que chacun de nous s'empare
De quelque trésor merveilleux.

(*Mélusine sort de chez elle, vêtue d'un magnifique costume de magicienne ; elle est suivie de deux pages qui portent de grandes corbeilles remplies de flacons, de fioles, et de boîtes de toutes sortes.*)

CHŒUR.

C'est Mélusine, la voici !
C'est elle qui va vendre ici
Tous ses secrets
Au grand rabais !

MÉLUSINE, *au milieu du théâtre.*

Oui, je suis l'enchanteresse !
Autour de moi qu'on s'empresse,
Et chacun pour un peu d'or
Va posséder un trésor !
Écoutez !
Et profitez !

(*Prenant une boîte dans une corbeille.*)

(*) La nouvelle partition, également conforme à cette représentation, a paru chez M. Benoît, éditeur de musique, rue Meslay, 81.

Poudre qui donne aux imbéciles
De l'esprit, (*Bis.*)
Et rend aux estomacs débiles
L'appétit! (*Bis.*)
Prenez, prenez tous, mes secrets,
Je les donne au grand rabais!

CHŒUR.

(*Achetant et recevant des boîtes des mains des deux Nains.*)

Prenons, prenons ses secrets
Qu'elle donne au grand rabais!

MÉLUSINE.

Voici l'eau qui rend à tout âge
Amoureux! (*Bis.*)
Et qui procure du courage
Aux peureux! (*Bis.*)
Prenez, prenez mes secrets,
Je les donne au grand rabais!

CHŒUR, *achetant des fioles.*

Prenons, prenons ses secrets
Qu'elle donne au grand rabais!

MÉLUSINE.

Oui, je suis l'enchanteresse;
Autour de moi qu'on s'empresse,
Et chacun pour un peu d'or
Va posséder un trésor.

(*Elle sort par la gauche, accompagnée de ses deux Pages.*)

CHŒUR, *la suivant.*

Suivons cette enchanteresse!
Autour d'elle qu'on s'empresse;
Et chacun pour un peu d'or
Va posséder un trésor.

(*La foule se disperse par la gauche, et pendant qu'on chante ce dernier chœur, un Chevalier armé de pied en cap est entré avec précaution.*)

SCÈNE II

AMADIS DES GAULES, LANCELOT DU LAC, RENAUD DE MONTAUBAN, OGIER LE DANOIS.

AMADIS DES GAULES, *après que la foule a disparu.* Mélusine est partie... profitons du moment... (*Appelant.*) Psitt! psitt! Lancelot!

LANCELOT, *armé de pied en cap. Entrant.* Me voilà!

AMADIS. Bien... appelez Renaud de Montauban et Ogier le Danois...

LANCELOT, *appelant.* Eh! là-bas! psitt!... psitt!

RENAUD *et* OGIER, *armés de pied en cap.* Nous voici!

LANCELOT. Nous sommes au complet... Vous pouvez parler, Amadis...

AMADIS. Chers collègues et amis... la chevalerie errante... dont nous sommes la crème... est menacée d'un danger funeste. Le plus célèbre d'entre nous, le preux d'entre les preux, l'illustre Roland, est tombé dans les filets de Mélusine.

LANCELOT. C'est vrai, depuis plus de six mois, cette femme insinuante le tient captif dans des chaînes de fleurs...

AMADIS. Oh! ces enchanteresses de marbre!... ces magiciennes du demi-monde!... Quel danger pour la société!

OGIER. Notre devoir est de l'arracher de ses mains.

AMADIS. Il y va de l'honneur de toute la Table ronde!

TOUS. Oui!... oui!...

RENAUD. Mélusine est sortie...

OGIER. Roland est seul...

LANCELOT. Saisissons le joint... Amadis, frappez à l'huis.

AMADIS. Revoir ce preux!... Ah! je suis ému malgré moi. (*Frappant à la porte à droite.*) Roland Roland! (*La porte s'ouvre.*)

TOUS. C'est lui!

SCÈNE III

LES MÊMES, ROLAND. *Roland est en robe de chambre; il a sur la tête un bonnet grec, aux pieds des chaussons de lisières avec d'énormes éperons. Il tient à la main un ouvrage de tapisserie.*

ROLAND, *entrant.* Qui est-ce qui m'appelle?

TOUS. Ah! comme il est changé!

AMADIS. Roland, nous reconnaissez-vous?

ROLAND, *mettant son pince-nez.* Amadis, Lancelot, Renaud et Ogier... des intimes... des copins... (*Leur donnant des poignées de main.*) La santé?... bonne... Allons, tant mieux... Moi, comme vous voyez... ça ne va pas trop mal.

AMADIS. C'est donc bien vrai, confrère... vous avez renoncé aux aventures... aux combats?

ROLAND. Mon Dieu, oui! qu'est-ce que vous voulez, mes enfants?... j'ai rencontré une femme aimable. Sous le guerrier, il y avait l'homme... Sous la cuirasse, il y avait le cœur... ce cœur, elle l'a pris... j'ai ôté ma cuirasse... j'ai ôté mon casque... et si j'ai gardé mes éperons, c'est parce que j'en avais l'habitude.

LANCELOT, *à part.* Comme il est dégénéré, grand Dieu!

ROLAND. Je coule ici une existence bien tranquille, allez!... Je me lève sur les dix heures, dix heures et quart... Je mange... un petit chocolat à la crème... Le coiffeur arrive, il me met mes papillotes... (*Otant sa calotte, et montrant sa tête ouverte de papillotes.*) Vous voyez... Je devise avec cet industriel de choses et d'autres... et j'arrive comme ça jusqu'à midi... Je mange... et je dors une heure... Je m'occupe de quelques travaux d'aiguille, j'ourle une douzaine de mouchoirs, je fais du crochet ou de la tapisserie... ça me conduit jusqu'à quatre heures... Je mange, et je dors une heure... Je retire mes papillotes... je fais un bout de toilette et je vais fumer une cigarette dans le jardin... Je compose quelque madrigal, et tout doucement j'attend huit heures... Je mange... et je me couche... Voilà ma vie!...

AMADIS. Alors vous ne faites que manger et dormir?...

ROLAND. Et aimer!... aimer!

AMADIS. Oh! les femmes!... les femmes!... (*A Roland.*) Elle est donc bien séduisante, cette Mélusine?

ROLAND. Elle a des qualités et des défauts... une jalousie féroce... J'ai eu bien des fois envie de lui dire: Va te promener!... mais comme elle crie plus fort que moi, j'ai préféré me taire!...

RENAUD, *avec force.* Est-ce bien le neveu de Charlemagne qui parle ainsi?

AMADIS, *de même.* Roland... ne vous encroûtez pas davantage!... Au nom de saint Dunstan, notre patron, endossez le harnois et venez avec nous!

OGIER. Oui, venez reprendre le cours de vos exploits...

RENAUD. Faites comme nous.

LANCELOT. Tenez, moi, l'autre jour, j'ai combattu une hydre à douze têtes!

AMADIS. Moi, plus fort que ça!... avant-hier, je rencontre un géant de quinze pieds de haut... je tire mon épée, je l'attaque et je le coupe en deux à la hauteur de la ceinture. Eh bien le coup avait été tellement cinglé, tellement rapide qu'il ne s'est douté de rien sur le moment et qu'il ne s'en est aperçu que le soir en se couchant!

OGIER. Hier, j'ai délivré quatre princesses, qui étaient dans une position intéressante.

ROLAND. Moi, plus fort que ça !... Il y a un an j'avais un rendez-vous d'amour avec une femme mariée... Je me rends à son castel, mais le mari jaloux avait placé sur le pont-levis un énorme dragon... Je fonds sur ce dragon, l'épée à la main, avec tant d'impétuosité que mon corps suit mon épée, et que le monstre m'avale !... Une fois dans son estomac, je ne perds pas la tête, je le larde de coups de poignard... L'animal, fort indisposé, fait un effort désespéré... et me rend à la liberté, seulement... j'étais entré par la grille d'honneur et je suis sorti par l'escalier de service !

RENAUD. Eh bien ces exploits, il faut les recommencer !

AMADIS, *chaleureusement.* Oui, venez ! venez, Roland ! la chevalerie vous réclame !

TOUS. La chevalerie vous réclame !

ROLAND, *avec force.* La chevalerie... La chevalerie !... noble état !... où l'on s'abîme le tempérament, et où l'on ne fait pas souvent ses quatre repas par jour !... noble, noble état !... (*Changeant de ton.*) Mais j'ai pris d'autres habitudes, ça ne me dit plus rien du tout...

AMADIS, *avec désespoir.* Ah ! il est perdu pour la patrie !

(*On entend au dehors une fanfare brillante et un roulement de tambour.*)

LANCELOT. Qu'est-ce que cela ?

AMADIS. Une aventure peut-être... en arrêt !...

TOUS. En arrêt ! messieurs, en arrêt !...

(*Les quatre Chevaliers mettent l'épée à la main.*)

SCÈNE IV

LES MÊMES, MERLIN, DES HÉRAUTS D'ARMES, GENS DU PEUPLE, BOURGEOIS, BOURGEOISES, PAYSANS ET PAYSANNES, *des Gens du peuple, des Bourgeois, des Bourgeoises, des Paysans et des Paysannes précipitent sur le théâtre de tous côtés.*

CHŒUR.

Entendez-vous ? c'est la trompette,
C'est la trompette et le tambour,
C'est pour annoncer quelque fête
Qui va se donner à la cour.
C'est la trompette,
C'est le tambour !

(*Merlin entre ; il est précédé de deux Hérauts jouant de la trompette et deux autres battant du tambour ; il est suivi d'un autre Héraut portant une bannière sur laquelle on lit : « Grand tournoi offert par le sire de Rodomont à la chevalerie française. » Plusieurs Pages et Écuyers ferment la marche.*)

MERLIN.

Écoutez, assistance,
Mon discours amical ;
Vous y prendrez, je pense,
Un plaisir colossal ! (*Bis.*)

Noble assemblée, moi, Merlin, investi de la confiance du noble duc Rodomont, notre maître... (*Au tambour.*) Un petit roulement... (*Le tambour fait un roulement.*) Je suis chargé de vous donner connaissance de la proclamation que voici !... (*Tirant une affiche de sa poche et lisant:*)

«Nous, Rodomont, duc de Machicoulis, haut et puissant seigneur de Mouille-fontaine et autres lieux, désirant faire quelque chose pour l'amélioration de la chevalerie errante, instituons une grande poule pour chevaliers de vingt à trente ans, et disons qu'il sera décerné trois prix aux vainqueurs... 1er Prix : une paire de flambeaux en plaqué ; 2e Prix : une montre en or à répétition ; 3e Prix dit prix de consolation: la main de la princesse Angélique. »

NOTA BENÉ. On reprendra la montre pour quinze francs, mais on ne reprendra la main de la princesse à aucun prix.

RENAUD. C'est trop juste !

AMADIS La propre fille de Rodomont... Allons, le duc fait bien les choses...

LANCELOT. C'est un gentleman !

MERLIN. Et un homme de goût... c'est à moi qu'il a confié l'éducation de sa fille... une charmante enfant... vous allez voir... exposition publique des lots... (*Au Héraut d'armes qui tient la bannière.*) Retournez la mécanique... (*Le Héraut d'armes retourne la bannière. On voit, au milieu sur un transparent, le portrait de la princesse Angélique, avec ces mots: DIX-HUIT ANS, SACHANT LIRE, ÉCRIRE ET CALCULER. A gauche est la montre ; à droite les deux flambeaux entre-croisés ; le tout est surmonté d'une couronne.*)

ROLAND, *regardant le portrait.* Oh ! cette jeune fille... qu'elle est belle !

AMADIS, *regardant la montre.* Le superbe chronomètre !

LANCELOT, *admirant les flambeaux.* Et que ces deux flambeaux sont beaux !

MERLIN, *lisant.* « Avis essentiel : on s'inscrira chez Merlin... » (*Il met la proclamation dans sa poche.*) Chez moi, et à ce propos, honorable assistance, permettez-moi de profiter de l'occasion pour vous rappeler que je suis le seul et unique successeur du fameux Merlin, dont le nom es célèbre dans le monde entier. Allez, la musique

AIR.

Je suis Merlin. (*Bis.*)
Successeur et fils de mon père.
Mon père était un gros malin,
Je suis malin comme mon père.
En tous lieux moi-même j'opère,
Je suis Merlin
Je suis malin,
Malin
Malin
Comme mon père.

Droguiste,
Dentiste,
Maître d'école, parfumeur
Légiste,
Chimiste,
Avocat, barbier, enchanteur,
Je suis un peu de tout cela.
Parlez, demandez, me voilà,
Me voilà !
Je suis Merlin,
Successeur et fils de mon père
Etc., etc..

REPRISE EN CHŒUR.

Il est Merlin.
Etc., etc.

(*Les Hérauts d'armes, les Pages et les Musiciens sortent par la droite. Le Peuple les suit.*)

SCÈNE V

MERLIN, ROLAND, AMADIS, LANCELOT, RENAUD et OGIER, puis MÉLUSINE.

ROLAND, *pensif au premier plan.* Quelle est belle !... Ah ! j'aimerais être le coq de ce tournoi pour gagner cette poule !

MERLIN, *aux chevaliers.* Le registre est là, chevaliers. (*Il montre sa maison.*) Qui veut s'inscrire ?

LES QUATRE CHEVALIERS. Moi !... moi !... moi !...

ROLAND. Je suis remué, décidément, je suis remué !... (*S'avançant.*) Et moi aussi !

AMADIS. Roland ! A la bonne heure !

ROLAND. Oui, je suis des vôtres !... Oui, je disputerai ce prix !... Je renonce à la tapisserie !... Je suis électrisé ! A moi, à moi la main de la princesse !

MÉLUSINE, *qui vient de paraître.* Qu'est-ce que tu dis ?

ROLAND. Mélusine ! nom d'un pékin !

MÉLUSINE, *furieuse.* Qui t'a permis de sortir?... Rentre à la maison ! rentre sur-le-champ !

ROLAND, *vexé.* Madame !... (*A Amadis.*) Si je l'envoyais promener !

AMADIS. Certainement... ferme, la, ferme !

ROLAND, *à Amadis.* Ferme !... Oui, donnez-moi la main... ne me lâchez pas... vous me soutiendrez !... (*Amadis lui prend la main, Lancelot prend la main d'Amadis, etc., etc. Ils sont tous les quatre à la queue leu leu.*) Madame !... (*Bas.*) Ferme !... (*Haut.*) Madame, je suis sorti... parce que... parce que...

MÉLUSINE, *le regardant fixement.* Parce que...

ROLAND, *faiblissant.* Parce que j'avais envie de prendre l'air... mais je vais rentrer, ma poule...

MÉLUSINE, *l'entourant de ses bras.* A la bonne heure, mon chéri...

ROLAND, *lâchant la main d'Amadis pour serrer Mélusine dans ses bras.* Ma caille.., (*Amadis tombe et avec lui les trois autres chevaliers.*)

AMADIS, *se relevant.* Allons, décidément, c'est un homme rasé...

MERLIN, *revenant.* Chevaliers, vous savez que le registre est là... si vous voulez y coucher vos noms... (*Il entre chez lui.*)

LES QUATRE CHEVALIERS. A l'instant.,. Allons signer... (*Ils entrent chez Merlin.*)

SCÈNE VI

ROLAND, MÉLUSINE.

MÉLUSINE, *à Roland.* Ce sont des amis, de mauvaises connaissances qui voulaient t'entraîner... mais tu as bien fait de ne pas les écouter... car tu ne peux pas me quitter, Roland, tu ne le peux pas...

ROLAND. C'est évident... je ne le peux pas... (*A part.*) Car si je le pouvais...

MÉLUSINE. Tu es à moi, tu m'appartiens... Est-ce bien toi que je viens d'entendre là, tout à l'heure t'écrier: A moi la main de la princesse !

ROLAND. Un mouvement de vivacité... Ça m'a échappé !

MÉLUSINE. Non, non, tu ne peux pas me préférer une autre femme... C'est impossible !.. .Ah! Roland ! Roland !... (*Se jetant dans ses bras.*)

PREMIER COUPLET.

T'aimer c'était ma destinée
De toi j'avais soif, j'avais faim,
Et mon âme s'est enchaînée
Pour un bail sans trêve et sans fin !
Ce bail par une fantaisie,
Ne peut être résilié.
C'est pour toujours, c'est pour la vie } *Bis.*
Qu'à mon sort ton sort est lié.

ROLAND. Tu m'étouffes !... (*A part.*) Non, vrai, c'est trop d'amour...

2ᵉ COUPLET.

MÉLUSINE.

Ah! oui, je t'aime à la folie,
Je t'aime et je ne sais pourquoi !
Mon cœur, mon sang, mes biens, ma vie,
Rien n'est à moi, tout est à toi !
Je t'ai donné mon opulence,
J'ai mis mon âme à ta merci,
Ah! cher amour romps le silence } *Bis.*
Et dis-moi: Je t'adore aussi.

ROLAND. Cher ange! (*A part.*) Trop d'amour à la clef.

MÉLUSINE. Apprends que je viens de faire bâtir à quelque lieues d'ici un superbe château, un pa-

lais que je te destine et où tu mèneras une existence princière au milieu du luxe et des plaisirs...

ROLAND, *avec retenue.* Pardon, madame... Mais alors c'est un hôtel que vous m'offrez?

MÉLUSINE. Oui... mais en attendant, viens déjeuner... mon gros chéri... (*L'entraînant.*) Viens !... Ah ! comme je t'aime !... (*L'attirant.*) Viens... viens...

ROLAND, *la suivant.* Oui, ma petite caille toute en plumes... oui, trésor !... (*Avant de disparaître à part.*) Ah! trop trop d'amour à la clef !...

(*Ils disparaissent tous les deux au moment où Merlin sort de chez lui et entre en scène.*)

SCÈNE VII

MERLIN, *puis* MÉDOR.

MERLIN. Allons ! ça roule, ça roule !... Mais n'oublions pas que j'ai plusieurs branches à mon commerce et qu'il est l'heure de renvoyer mes élèves. (*Appelant.*) Médor ! Médor !

MÉDOR, *sortant du pensionnat.* Vous m'appelez, patron ?

MERLIN. Sonnez la cloche !

MÉDOR. Oui, patron. (*Merlin entre chez lui; Médor sonne la cloche et s'avance sur le devant de la scène.*) Ouvrons une large parenthèse. Médor est un troubadour, ou, si vous aimez mieux, un ménestrel... Un jour le ménestrel vit la belle Angélique, et crac ! le ménestrel l'aima... Une place de professeur ou si vous aimez mieux de pion, était vacante chez monsieur Merlin. Le ménestrel s'offrit, et, depuis ce temps, il apprend la gamme à la fille du noble duc. La fille du noble duc unit son soprano aigu au ténorino du ménestrel... nous marions nos registres... Acre volupté !... (*Angélique entre pensive.*) Mais la voici, fermons la large parenthèse.

SCÈNE VIII

MÉDOR, ANGÉLIQUE.

MÉDOR. Pardon, princesse, je vous croyais partie avec vos compagnes.

ANGÉLIQUE. J'attends ma bonne.

MÉDOR, *étourdiment.* Elle est rarement exacte... Je soupçonne cette fille d'avoir quelque attachement dans la troupe.

ANGÉLIQUE, *vivement.* Vous dites ?

MÉDOR, *à part.* J'ai fait un impair ! (*Haut.*) Rien... princesse... je plaisantais... Soyons sérieux, et en attendant votre bonne, prenons une petite leçon de mathématiques.

ANGÉLIQUE, *pensive.* Dites-moi, monsieur Médor, savez-vous ce que c'est qu'une jeune fille qui s'ignore ?

MÉDOR. Une jeune fille qui s'ignore, princesse... mais ça n'a pas de rapport avec les mathématiques.

ANGÉLIQUE. Eh ! qu'importe ? J'ai entendu papa qui disait l'autre jour à maman : Angélique est une jeune fille qui s'ignore... son cœur n'a pas encore palpité... Ça m'a bien intriguée.

MÉDOR. Je le conçois.

ANGÉLIQUE. Expliquez-moi donc un peu, monsieur Médor, ce que c'est qu'un cœur qui palpite...

MÉDOR. Un cœur qui palpite, princesse... Vous me posez là une question... Je ne sais pas !...

ANGÉLIQUE, *faisant la moue.* Ah ! vous ne savez rien... vous voyez bien que je ne demande qu'à m'instruire... Ce n'est pas de ma faute si je ne fais pas de progrès... Vous connaissez au moins la valeur des mots que vous employez... Tout à l'heure vous avez dit que ma bonne avait un attachement... ça m'a bien intriguée...

MÉDOR, à part. Tout l'intrigue, quelle innocente !

ANGÉLIQUE. Qu'est-ce que c'est que cela, dites-moi, un attachement ?

MÉDOR. Un attachement... dame... princesse... un attachement, c'est... c'est de l'amour...

ANGÉLIQUE. De l'amour !...

DUO.

ANGÉLIQUE.

Amour, quel mot doux et touchant !
Monsieur Médor, je vous en prie,
Expliquez-moi donc sur-le-champ
Ce que ce mot-là signifie?

MÉDOR.

Princesse, ce sentiment-là
Qui vous charme et qui vous étonne,
Vous l'avez éprouvé déjà.
Est-ce que vous n'aimez personne ?

ANGÉLIQUE, naïvement.

J'aime maman, j'aime papa...

MÉDOR.

J'aime maman, j'aime papa,
Cherchez, cherchez! ça n'est pas ça !

ANGÉLIQUE.

J'aime les fleurs et les dentelles.

MÉDOR.

Ça n'est pas ça ! (Bis.)

ANGÉLIQUE.

J'aime mes blanches tourterelles

MÉDOR.

Ça n'est pas ça !
Ah ! ça n'est pas ça !

ENSEMBLE.

ANGÉLIQUE.

Ça n'est pas ça !
Ça n'est pas ça !
Quel est donc ce sentiment-là ?

MÉDOR.

Ça n'est pas ça !
Ça n'est pas ça !
Ce n'est pas ce sentiment-là !

ANGÉLIQUE, à Médor.

C'est vous qui devez m'instruire,
Parlez donc sans hésiter...

MÉDOR.

Non, je n'ose pas le dire,
Mais je veux bien le chanter.

ANGÉLIQUE.

Faites comme il vous plaira,
Mais instruisez Angélique.

MÉDOR.

Admettons que ce sera
Votre leçon de musique.

ANGÉLIQUE.

Admettons-le... pas de délai...

MÉDOR, prenant sa guitare.

Écoutez bien ce petit lai !

COUPLET.

I

Isaure était seulette
Sous un grand marronnier
Près de la bachelette
Survint un escholier ;
Il s'assit auprès d'elle,
Et ses yeux dans ses yeux,
Lui dit : Je veux, ma belle,
Je veux t'ouvrir les cieux !

Et le petit cœur d'Isaure
Battait, battait
Sans trop s'expliquer encore
Pourquoi c'était.

Le second couplet est plus fort, et le troisième dit tout...

II

De la gente fillette
Notre escholier fringant
Saisit la main blanchette
Qu'il pressa doucement ;
Puis sur son frais visage
Qu'ardeur vint embraser,
Hardi comme un beau page,
Il prit un long baiser !
Et le petit cœur d'Isaure
Battait, battait
Sans trop s'expliquer encore
Pourquoi c'était.

(Il se met aux genoux d'Angélique.)

SCÈNE IX

LES MÊMES, RODOMONT, suivi de SACRIPANT et de QUATRE GARDES, puis MERLIN.

RODOMONT, les apercevant. Ventre Mahon ! Qu'est-ce que je vois ?

SACRIPANT, aux quatre Gardes. Demi-tour.. droite. (Les quatre Gardes tournent le dos au public. A Rodomont.) Comme ça, la situation est sauvée !

RODOMONT. Sacripant, tu es plein d'idées, pour un grand sénéchal... (Il descend.)

MÉDOR. Le duc ! Je suis pincé !... (Il se sépare vivement d'Angélique.)

ANGÉLIQUE. Tiens ! c'est papa ! (Lui sautant au cou.) Bonjour, papa !

RODOMONT, la repoussant en criant. Papa... papa!.. Prenons-le d'un peu plus haut, mademoiselle.

MERLIN, entrant au bruit. Qu'y a-t-il donc, monseigneur ?

RODOMONT. Il y a que je trouve ma fille, une fille de race, causant en plein air avec un jouvenceau ! (Criant.) Ça n'est pas convenable !

SACRIPANT, criant plus fort. Ça n'est pas convenable !

ANGÉLIQUE, faisant la moue. Ah ! papa... vous êtes toujours à la pose, vous...

RODOMONT. A la pose ! Qu'est-ce que c'est que cette expression ?

SACRIPANT. C'est risqué !

RODOMONT, à Merlin. C'est ça que vous appelez une éducation de famille ?

MERLIN. Evidemment, seigneur.

ANGÉLIQUE. C'est bien simple, papa... Monsieur Médor me donnait une leçon... il m'apprenait un lai d'amour...

RODOMONT, furieux. Un lai d'amour ! Voilà ce que je n'aime pas !

ANGÉLIQUE. Nous en étions au troisième couplet... celui qui dit tout !

RODOMONT, encore plus furieux. Qui dit tout !

MÉDOR. Monseigneur, croyez bien...

RODOMONT, d'une voix tonnante. Paix ! vassal !

SACRIPANT. Paix ! vassal !

MERLIN. Paix ! vassal !

RODOMONT. Qu'on me laisse m'abîmer dans mes réflexions amères !... (Tout le monde fait trois pas en arrière ; Rodomont reste seul à l'avant-scène.)

RÉCITATIF.

Mon œil est assez vif, ma figure est sereine,
Et pourtant dans mon cœur tout est en désarroi,
Car depuis bien longtemps je tiens une déveine,
Et tout semble en ces lieux conspirer contre moi !

Duc, je suis dans la détresse,
Et je n'ai pas dans ma caisse

Le plus léger monaco.
Père, mon enfant unique,
Sous prétexte de musique,
Se développe au galop.
Époux, ma très-noble femme,
Je le dis du fond de l'âme,
Me chagrine énormément ;
Il s'ensuit qu'époux ou père,
Je n'ai pas sur cette terre
Pour quinze sous d'agrément !

Oh ! ma femme surtout ! sa toilette est splendide !
Ce luxe étourdissant... qui donc le lui fournit ?
Assurément pas moi... puisque ma caisse est vide,
Et que dans nul endroit on ne me fait crédit.

Qui donc alors ? qui ? Patience,
Bientôt, oui-dà ! je le saurai,
Et dans des flots de vengeance,
Ah ! je m'abreuverai !...
    Par la mordieu !   } (Bis.)
    Gare au mossieu !   }
Qu'il soit brun, blond, long, gras ou mince,
Si jamais je te vous le pince,
On verra que peut un prince
Qui rugit, qui rage et qui grince !

(*Parlé.*) J'ai fini de m'abîmer ! (*Tout le monde
redescend. — S'adressant à Merlin.*) As-tu fait l'annonce ? Aurons-nous des amateurs ?

MERLIN. Beaucoup !

RODOMONT. Beaucoup ! Alors, je puis démasquer
mes batteries... Merlin, des sièges, que je démasque mes batteries !...

(*Merlin fait un signe, on apporte des fauteuils et on
s'assied. Le Duc au milieu, Sacripant à sa
droite, Angélique à sa gauche, Merlin à côté
d'elle. Médor debout. Les quatre Gardes au
fond, toujours le dos tourné.*)

RODOMONT, *assis.* On se croirait dans un salon...
Je démasque... Angélique, je vous retire de pension aujourd'hui même.

ANGÉLIQUE, *sautant de joie.* Oh ! tant mieux ! oh !
tant mieux !

MÉDOR, *à part.* Oh ! tant pis ! tant pis !

RODOMONT. Et je vous marie demain !

ANGÉLIQUE, *surprise, sautant de joie.* Vous me
mariez ! Ah ! papa, papa, que vous êtes gentil !

MÉDOR. Plus d'espoir ! Ah ! si j'avais quelque
chose de pointu, je me le ficherais dans l'estomac.
(*Il rentre chez Merlin.*)

ANGÉLIQUE. Je vais donc enfin savoir ce que c'est
que d'aimer.

RODOMONT, *vivement.* Ma fille ! il y a de la société.

SACRIPANT. Comme elle se développe !

ANGÉLIQUE. Et avec qui me mariez-vous, papa ?

RODOMONT. Avec le vainqueur du tournoi. (*Surprise d'Angélique.*) Ah ! c'est que tu ne sais pas...
c'est une combinaison à moi... Voici ce que je
me suis dit : Ma fille a dix-huit ans, et personne,
il n'y a pas à dire, personne ne me la demande
en mariage... Pourtant elle est blonde !

SACRIPANT, *appuyant.* Blonde comme Vénus sortant de l'onde !

MERLIN, *furieux.* Ne m'interrompez pas.

SACRIPANT. Je disais seulement.

MERLIN. Vous manquez à votre maître ! (*Il lui
donne un soufflet. Tout le monde se lève.*)

SACRIPANT, *avec dignité.* Je prierai Votre
Seigneurie d'accepter ma démission. (*Tirant un
cahier de sa poche.*) Voici la note de ce qui m'est
dû !

RODOMONT, *le prenant.* Onze cent vingt francs...
Je t'ai froissé, Sacripant, oublions tout, et... (*lui
tendant son manteau*) baise mon pan.

SACRIPANT, *le baisant.* Vous me comblez ! (*On se
rassied.*)

RODOMONT, *à Angélique.* Pour en revenir à toi...
Je désespérais donc de te pourvoir, et ça se com-
prend, nous ne recevons personne... par écono-
mie... car il est inutile de finasser, ma caisse est
ce qui s'appelle à sec.

SACRIPANT. Complétement à sec.

RODOMONT. Je suis obligé d'habiller mes hommes
d'armes avec des vieux rideaux de croisées... Je
n'ai plus de cuisinier... (*Avec sentiment.*) C'est la
duchesse qui, de ses nobles mains, met le pot au
feu le dimanche. (*S'attendrissant.*) Vous voyez ma
position ; et encore il faut que je jette de la poudre aux yeux. (*Il tire son mouchoir. Tous les autres
l'imitent.*) Oh ! la misère en habit noir ! (*Il pleure.*)

MERLIN, *de même.* En cravate blanche !

SACRIPANT, *de même.* En bottes vernies !

ANGÉLIQUE, *de même.* Et en gants Jouvin !

MERLIN. Calmez-vous, monseigneur !

RODOMONT, *s'épongeant les yeux.* Oh ! moi, je suis
fort ! je suis trempé !... La duchesse ne m'inquiète
pas !... (*Négligemment.*) Elle ne m'inquiète pas
du tout la duchesse, elle a un bon coffre !

MERLIN. Un coffre-fort !

RODOMONT. La diète ne peut que lui faire du
bien ! Mais si je redoutais la misère, c'était pour
ma fille... Alors je me suis dit : Marions-la, ça
fera toujours une bouche de moins à nourrir !

SACRIPANT. Moi, j'avais une autre idée...

RODOMONT, *sèchement.* Elle ne pouvait pas va-
loir la mienne !

SACRIPANT, *vexé.* C'est à savoir !

RODOMONT, *furieux.* Vous dites ?

SACRIPANT. Je dis : C'est à savoir !

RODOMONT, *avec hauteur.* Vous manquez à votre
maître... (*Il lui donne un soufflet. Tout le monde se
lève.*)

SACRIPANT, *avec dignité.* Je prierai Votre Seigneurie d'accepter ma démission, et de liquider
ma pension de retraite. (*Il lui donne un cahier.*)

RODOMONT, *lisant.* Six cents francs de rentes.....

SACRIPANT. C'est mon droit, ou un bureau de
tabac.

RODOMONT, *mettant le cahier dans sa poche.* J'ai
été un peu vif... oublions tout... (*lui tendant
son manteau*) et baise mon pan !

SACRIPANT, *le baisant, à part.* Il commence à
m'embêter avec son pan ! (*Haut.*) Et ma pension ?
(*Tout le monde se rassied.*)

RODOMONT. Nous verrons ça à la troisième
gifle ! Renchaînons. C'est alors que l'idée me vint
d'offrir un grand tournoi dont tu seras le prix...
Ta main appartiendra à celui qui aura tombé
tous ses adversaires... Je ne sais pas qui tu auras
pour mari, mais, à coup sûr, ce sera un homme
fort... C'est toujours quelque chose...

ANGÉLIQUE, *simplement.* Oh ! n'importe qui,
papa, pourvu que je sache ce que c'est que d'aimer...

RODOMONT, *vivement.* Vas-tu te taire ? (*A part.*)
C'est effrayant ce qu'elle se développe !

SACRIPANT. Je n'ai vu bien des développages, mais
jamais une pareille développation !

RODOMONT, *à Merlin, en se levant.* Merlin, tu
m'as été d'un grand secours, et je ne sais comment te remercier...

MERLIN, *avec noblesse, se levant.* Pas de remercîments, monseigneur... pas de remercîments...
(*Changeant de ton.*) Vous me donnerez six pour
cent sur la dot... (*Tout le monde se lève, on enlève
les sièges.*)

RODOMONT, *à part.* Il a tous les vices ! (*Haut.*) Et
maintenant, ma fille... maintenant que je vous
ai mise au courant de la situation... rentrez au
château... (*A Sacripant.*) Sacripant, la clef de la
grille ? (*Il conduit Angélique jusqu'à la porte du
fond.*)

SACRIPANT. Voilà, ... ! (*Rodomont sort en
donnant le bras à sa .... Sacripant les suit.*)

SCÈNE X

MERLIN, TOTOCHE et quatre DAMES D'HONNEUR,
puis RODOMONT.

MERLIN, *se frottant les mains.* Ça roule ! ça

roule ! (*Regardant au fond.*) Mais je ne me trompe pas, c'est la duchesse Totoche ! comme elle paraît agitée !... Et son noble époux qui est là ! (*Il va au fond et se tient à l'écart. Totoche entre vivement, suivie d'un petit Nègre qui tient sa robe. Elle entre en courant et fait le tour du théâtre au pas gymnastique.*)

TOTOCHE.

AIR :

Ah ! ah ! ah ! ah ! ah !
Dans ma poitrine palpitante
Mon cœur saute comme un cabri,
Et l'effroi qui me rend tremblante
A chaque instant m'arrache un cri ! (*Bis.*)

Mais, qu'importe après tout !

(*Gaiment.*)

Si l'existence est de ces choses
Qu'il faut subir,
Sachons la parsemer de roses
Et de plaisir !
Les chagrins, les pleurs et le reste,
En vérité
Il n'est rien qui soit plus funeste
A la beauté !
Fuyez, soucis,
Car moi je dis :
Ah ! ah ! ah !
Pourquoi donc, quand on est jolie ?
Ne pas aimer
Le seul bonheur en cette vie
C'est de charmer !
C'est une folie
Que de gémir ;   }
Oui, donnons la vie   } (*Bis.*)
Toute au plaisir.   }

(*Merlin redescend ; la Duchesse l'aperçoit et court à lui.*)

Ah ! Merlin, vous voilà ! Deux mots...ne parlez pas, laissez-moi dire.... Mon mari a des doutes... il a fourgonné ce matin dans ma commode... — Ah ! mon Dieu ! que vais-je devenir ? — Ah ! mon Dieu ! que vais-je devenir ?

MERLIN, *montrant la porte au fond.* Il est là !

TOTOCHE. Il est là ?

MERLIN. Derrière nous.

TOTOCHE. Derrière nous... il m'épie... il a des projets que j'ignore... Il a fait nettoyer les carreaux. Il attend peut-être du monde, et alors il voudra mettre sa couronne...

MERLIN, *vivement.* Chût ! Sans doute il voudra la mettre...

TOTOCHE. L'avez-vous, sa couronne ?

MERLIN, *de même.* Chût ! non, pas encore.

TOTOCHE. Vous me l'aviez promise pour ce matin.

MERLIN. L'ouvrier zingueur m'a manqué de parole.

RODOMONT, *paraissant à la porte du fond.* Ma femme avec Merlin !... (*Sombre.*) Comme elle paraît agitée !

TOTOCHE, *avec désespoir.* Mais s'il ne la trouve pas, il découvrira tout. C'est fait de moi ! c'est fait de moi !

MERLIN. Vous l'aurez demain !

TOTOCHE. Sans faute, n'est-ce pas ? Dites qu'on se presse... qu'on se hâte... il y va de mon honneur ! Ah ! que Rodomont ne se doute de rien ! (*Apercevant Rodomont qui est descendu.*) Silence le voici...

RODOMONT, *amèrement.* C'est vous, Angélina !... Par quel heureux hasard ?...

TOTOCHE, *troublée.* Je venais chercher ma belle-fille !

RODOMONT, *ironique.* C'est un peu tard...

MERLIN, *vivement.* La duchesse paraît un peu souffrante !

TOTOCHE, *pâle et tremblante.* Mon déjeuner qui ne passe pas...

MERLIN, *vivement.* Si j'allais préparer un loch ?

RODOMONT, *à Merlin, avec intention.* Vous semblez vous intéresser beaucoup à ma femme...

MERLIN, *vivement.* Moi ! pas du tout !

RODOMONT, *avec colère.* Vous ne vous intéressez pas à votre suzeraine ?

MERLIN. Beaucoup, au contraire.

RODOMONT. Laissons cela. (*A la Duchesse qu'il examine.*) Mais quelle toilette ! quelle toilette ! Madame, c'est encore une robe neuve, ceci ?

TOTOCHE, *troublée.* Une occasion... dans les prix doux... une marchande à la toilette que je connais !

RODOMONT, *mettant ses lunettes.* Dans les prix doux ! (*Tâtant la robe.*) On ne le dirait pas !

TOTOCHE, *bas à Merlin.* Il a des doutes ! il a des doutes !

RODOMONT, *saisissant ce jeu de scène.* Encore !... (*Examinant les dentelles de la Duchesse.*) De la valenciennc, je crois !

TOTOCHE, *vivement.* De la frange de serviettes... Ça trompe l'œil !

RODOMONT, *après un silence.* C'est donc ça que tout mon linge de table disparaît !... Merlin, je donne à la duchesse soixante quinze francs par mois pour sa toilette, et vous voyez comme elle s'habille ! Soie, velours et dentelles ! Sur ma parole, ce serait à croire que quelque banquier mystérieux se plaît à parer en elle la femme aimée !

TOTOCHE. Oh ! Casimir ! une pareille pensée !

RODOMONT. Je plaisante ! (*A part.*) Elle a pâli... (*Haut.*) Je sais que votre vertu est d'un calibre au-dessus de l'ordinaire... (*A part.*) J'ai eu tort de me remarier... (*Haut.*) Ah ! un détail dont j'avais oublié de vous parler... Nous marions notre fille demain !

TOTOCHE. Demain !

RODOMONT. Oui. Il faudra faire épousseter la salle de gala ; passer les armures de nos ancêtres au tripoli ; mettre quelques pots de fleurs dans les escaliers et pour masquer les endroits où il y a des taches d'huile, placer quelques tableaux de fruits et d'animaux.

MERLIN. J'ai déjà accroché votre photographie, monseigneur !

RODOMONT, *à part.* Il est très-intelligent, ce garçon-là !

TOTOCHE, *bas à Merlin.* Demain... demain... Merlin, je suis perdue si tu ne me l'apportes pas...

MERLIN, *bas.* Je vous l'apporterai.

RODOMONT, *saisissant ce jeu de scène.* Encore !!! Je suis sur une piste. (*Haut.*) Vous êtes fatiguée, Angélina, retournons au château.

SCÈNE XI

LES MÊMES, SACRIPANT, HOMMES et FEMMES DU PEUPLE, *entrant au fond.*

LE PEUPLE, *se précipitant en scène en se bousculant.* C'est le duc ! c'est le duc ! Vive le duc Rodomont !

RODOMONT. Nous sommes reconnus... je vais faire un discours... Quand on est reconnu, il faut toujours faire un discours. (*A la foule, parmi laquelle il y a trois Pèlerins blancs.*) Vassaux, vassales, vilains et vilaines, à tous présents et à venir, salut !...

LA FOULE. Vive Rodomont !

RODOMONT. Les relations extérieures vont bien... La Polynésie m'a envoyé une cave à liqueurs pour le jour de ma fête... Ça va bien... ça va très-bien... Quant à l'intérieur, j'en suis très-satisfait... Ça va bien, et la preuve, c'est que je donne demain une grande fête dans mon palais... Les portes vous seront ouvertes... Je ne vous demande qu'une chose, c'est de ne pas emporter les objets

d'art. Enfin, vous le voyez, ça va bien... tout va
bien... tout va très-bien, très-bien, très-bien...

LA FOULE. Vive Rodomont!

SACRIPANT, *à Rodomont.* Vous savez joliment
parler au peuple, vous!

RODOMONT, *modestement.* J'ai une certaine fa-
cilité.

SACRIPANT. Vous avez été pris jeune?

RODOMONT. Mon Dieu, non! Ce qui fait ma force,
c'est que je leur dis toujours la même chose...
Ça va très-bien, je ne sors pas de là. (*A Totoche.*)
Votre main, madame...

TOTOCHE, *lui donnant la main.* Oh! mon Dieu!
je flageole malgré moi! (*A Merlin.*) Demain!

RODOMONT, *suivant le mouvement.* Encore! (*Le Duc
et la Duchesse sortent par le fond, pendant que les
gens du peuple agitent leurs chapeaux en criant:
Vive Rodomont! Vive Rodomont!*)

SCÈNE XII

MERLIN, LE PEUPLE, *puis* LANCELOT, AMADIS,
RENAUD *et* OGIER, *suivis de leurs* ÉCUYERS, *puis*
ROLAND. *On entend une fanfare brillante.*

CHŒUR DES BOURGEOIS.

Écoutez, ils vont venir
Ils arrivent tous en masse,
Rangeons-nous sur cette place,
Et nous les verrons partir.

LANCELOT, AMADIS, RENAUD *et* OGIER, *arrivant par le
fond, suivis de leurs Écuyers empanachés; ils défilent
autour du théâtre.*

Nous voici,
Nous voici,
Au rendez-vous fidèle.
C'est ici,
C'est ici,
Que l'honneur nous appelle,

MERLIN.

Êtes-vous tous au grand complet?
Répondez, s'il vous plaît!

(*Il prend une liste et la consulte. Appelant.*)

Amadis, Lancelot!

LANCELOT *et* AMADIS.

Présent!

MERLIN, *de même.*

Ogier!... Renaud de Montauban!

OGIER *et* RENAUD.

Présent!

MERLIN.

Messieurs, chacun, je pense,
Est de mon sentiment:
Je regrette l'absence
Du chevalier Roland.

ROLAND, *paraissant à la fenêtre grillée à droite.*

Présent!

TOUS.

Tiens, c'est lui!

ROLAND, *essayant d'ébranler les barreaux de la fenêtre
sans y parvenir.*

Je suis en cage!

TOUS, *raillant.*

Mais viens donc!

ROLAND, *de même.*

Ah! quel outrage!
On m'a mis sous les verrous!

TOUS, *raillant.*

Tu n'auras pas été sage.

ROLAND, *d'un ton piteux.*

Je n'ai plus d'espoir qu'en vous!

MERLIN, *s'avançant d'un air prétentieux.*

Par ma foi, c'est bien facile!
Comme de simples roseaux,
Comme une paille fragile
Je vais ployer tous ces barreaux!

(*Il tire les barreaux, qui s'allongent énormément et
laissent passer Roland, qui saute à terre et arpente
la scène.*)

ROLAND, *humant l'air.*

Je suis libre... instant magique!
Je respire à plein poumon
(*Aux Chevaliers, avec force.*)
Pour conquérir Angélique,
Ça, partons chez Rodomont!

MERLIN.

Allez, braves chevaliers,
Allez cueillir des lauriers!

LES CHEVALIERS.

Allons cueillir des lauriers!

TOUS.

Mais avant chantons la ronde   }*Bis.*
Des fils de la Table Ronde,

RONDE.

I

ROLAND.

Toujours par voie et par chemin,
Nous battons la campagne
En France on nous voit le matin,
Et le soir en Espagne.
Dans cet état plein d'agrément,
Tout rempli d'aventures,
Ce qu'on gagne le plus souvent,
Ce sont.... des engelures!
Jamais plus joli métier
Ne fut dans le monde
Que celui de chevalier
De la Table Ronde!

REPRISE EN CHŒUR.

Jamais plus joli métier.
Etc., etc.

(*Ils croisent leurs épées en mesure, puis se remettent
au port d'armes.*)

TYROLIENNE.

Troula la ou.
Etc., etc.

II

MERLIN.

Si vous êtes parfois vaincus,
Ce n'est que par les femmes,
Et vous portez sur vos écus
Le chiffre de vos dames;
Vous consommez un nombre affreux
De blondes et de brunes;
Si l'on vous appelle des preux,
Ce n'est pas pour des prunes!
Jamais plus joli métier,
Etc., etc.

REPRISE EN CHŒUR.

Jamais plus joli métier.
Etc., etc.

III

ROLAND.

Des monstres les plus effrayants
Nous dépeuplons la terre
Et nous cueillons en même temps
Des myrtes à Cythère.
On nous a pour ces deux talents
Nommés dans les familles
La tranquillité des parents,
Et le bonheur des filles!
Jamais plus joli métier,
Etc., etc.

REPRISE EN CHŒUR.

Jamais plus joli métier,
Etc., etc.

TYROLIENNE.

Trou la la ou.
Etc., etc.

(*Les Chevaliers défilent devant le peuple en brandissant leurs épées; — le Héraut d'armes paraît au fond avec la bannière. — Fanfare brillante. — Tout le monde crie : AU TOURNOI! AU TOURNOI!*)

(TABLEAU.)

(*La toile tombe.*)

FIN DU PREMIER ACTE.

ACTE II

—

La salle de réception dans le château de Rodomont. Au-dessus de la fenêtre les armes de Rodomont. — Portes dans les pans coupés. — A droite, une table à ouvrage; à gauche, une estrade.

SCÈNE PREMIÈRE

SACRIPANT, *à la porte de gauche qu'il tient entr'ouverte : parlant à la cantonade.* (*Regardant l'horloge.*) Dix heures et quart... C'est l'heure où le grand-duc Rodomont travaille à l'équilibre du budget avec le surintendant des finances... Besogne ingrate quand on n'a pas le sou... (*Descendant la scène.*) Moi, pendant ce temps, je viens chaque jour gratter à cette porte gothique. Cette porte gothique est celle de la chambre de la grande-duchesse Totoche. Je suis seul, grattons donc... Angélina... Angélina... La porte s'ouvre... c'est la duchesse!.. (*La Duchesse entre en scène en jetant un regard inquiet autour d'elle.*)

SCÈNE II

SACRIPANT, TOTOCHE.

TOTOCHE, *qui est descendue près de Sacripant.* Ah ! Sacripant, je ne devrais pas venir quand vous m'appelez...

SACRIPANT. Je sais... je sais...

TOTOCHE. Et pourtant je viens tout de même.

SACRIPANT. Je sais... je sais... C'est par ces paroles que chaque jour vous entamez l'entretien...

TOTOCHE. Ah ! je le sens, ce que je fais est bien mal... Mais quoi... il y a un courant qui m'entraîne...

SACRIPANT. Et les courants, ça ne se remonte pas...

TOTOCHE. Oh ! j'ai une excuse... heureusement, j'ai une excuse... J'ai été sacrifiée... On m'a fait épouser le grand-duc Rodomont, qui est vieux...

SACRIPANT. Et laid..

TOTOCHE. Et laid... et qui avait une fille de dix-huit ans, dont je suis devenue la belle-mère ! Comme c'est gai... J'ai voulu résister, ma famille m'a forcée à donner ma main à Rodomont.

Je lui ai donné ma main, mais j'ai gardé mon cœur... pour en faire ce que je voudrais...

SACRIPANT. Bonne précaution... (*Avec amour.*) Vous en avez trouvé le placement...

TOTOCHE. Oh ! ne me dites pas cela, Sacripant !... ne me rappelez pas une faiblesse dont je rougis... Le ciel m'est témoin que j'ai fait tout ce que j'ai pu pour aimer mon mari... Ça n'est pas venu... c'est un petit malheur... mais suis-je si coupable?

I

Mon époux est désagréable,
Il est rageur, il est bougon!
Son caractère est détestable,
Il est têtu comme un dindon!
Eh bien ! cet homme prosaïque
A qui je suis, de par la loi,
Je voulais en femme héroïque,
L'adorer comme je le dois...
Eh bien, non ! c'est plus fort que moi !
Pas moyen !... c'est plus fort que moi !

II

Lors, je fis votre connaissance,
Vos yeux étaient pleins de douceur !
Je sentis, c'est de la démence,
Que l'amour entrait dans mon cœur !
Depuis lors vingt fois par semaine
Je me dis, en pensant au roi :
Remplaçons l'amour par la haine !
Rendons mon cœur à qui de droit.
Eh bien, non ! c'est plus fort que moi !

(*Parlé. Regardant Sacripant.*) Est-il joli ce coquin-là !

Pas moyen !... c'est plus fort que moi !

SACRIPANT. Où est le mal, madame, où est le mal?... Le duc ne s'est jamais aperçu de rien... Hier encore, il me disait : « Sacripant, je suis jaloux de tout le monde, excepté de toi ! » Les maris sont tous comme ça... Vous voyez bien qu'il n'y a pas de danger...

TOTOCHE. Pas de danger !... Et s'il venait à découvrir cette correspondance amoureuse que nous avons échangée... Ces lettres passionnées que vous m'avez écrites, et où vous dessiniez des petites maisons... Elles sont brûlantes, ces lettres, brûlantes !...

SACRIPANT. C'est pour ça qu'il n'y verra que du feu...

TOTOCHE. S'il apprenait qu'un jour... au fond du parc... pendant ce violent orage... vous avez eu l'audace de me dérober un baiser !...

SACRIPANT. C'est tout ce que j'ai obtenu de vous jusqu'ici, madame.

TOTOCHE. C'est assez, n'espérez pas davantage... Il ne faut pas aller plus loin, Sacripant, il ne le faut pas.

SACRIPANT. C'est votre opinion, ce n'est pas la mienne...

TOTOCHE, *avec force.* Mais vous n'avez donc jamais sondé la profondeur de l'abîme que nous creusions sous nos pas?

SACRIPANT, *froidement.* Je ne suis pas un sondeur.

TOTOCHE, *avec sentiment.* Non, restons vertueux, mon ami, aimons-nous, mais restons vertueux; il le faut; car voyez-vous, lorsqu'on dégringole l'escalier du devoir, il est bien difficile de se retenir à la rampe.

SACRIPANT. Ah ! tenez, Angélina, vous ne m'aimez pas comme je vous aime...

TOTOCHE. Je ne l'aime pas... l'ingrat... moi qui fais sans cesse des folies pour qu'il me trouve belle. Mais voyez donc mes toilettes, tout ce qui se porte de plus riche et de plus nouveau... et cependant la caisse de mon époux est à sec...

SACRIPANT. Le fait est que votre luxe m'a souvent intrigué, c'est un rébus...

TOTOCHE. Non, c'est un secret terrible... un secret qui...

RODOMONT, *en dehors.* Dépêchons, dépêchons !...

TOTOCHE. Mon mari !... *(Se séparant vivement de Sacripant.)* Silence !... silence !...

SCÈNE III

LES MÊMES, RODOMONT, *puis* MERLIN *et* ANGÉLIQUE.

RODOMONT, *entrant.* Ça ne roule pas !... ça n'avance pas !... Il ne faut pas oublier que le tournoi a lieu à midi, heure militaire... Nous n'avons plus que vingt-cinq minutes... Ma fraise est-elle repassée, madame?...

TOTOCHE. Je vais m'y mettre, mon ami.

RODOMONT, *à Sacripant.* Et le papier... As-tu collé le papier dans les endroits où il y a des taches d'huile...

SACRIPANT. J'ai là tout ce qu'il faut...

RODOMONT. Et les couronnes sont-elles prêtes?.. Où est Angélique?... Et ma barbe qui n'est pas faite... Où est Merlin? Angélique!.. Merlin !...

ANGÉLIQUE, *entrant avec des couronnes.* Me voilà, papa.

MERLIN, *entrant une boîte à la main.* Me voilà, seigneur, me voilà.

ANGÉLIQUE. Je n'ai plus que quelques points à faire.

MERLIN. Je vais tout préparer.

RODOMONT. Eh!... enfin!... Activons!... activons !...

(Pendant les répliques qui précèdent, Totoche a placé une planche sur deux chaises. — Elle a apporté un petit fourneau et elle se met à repasser. Sacripant est allé chercher son pot à colle; il monte sur une échelle et se met à coller du papier sur les murs. — Angélique s'assied à gauche et se met à coudre les couronnes, Merlin tire de sa boîte, une savonnette, un blaireau et une serviette.)

TOTOCHE, *repassant.* Ouf!... que c'est dur !

RODOMONT, *bougonnant.* Vous vous plaignez toujours, Angélina.

TOTOCHE. J'en ai le droit... S'il y a quelque chose de pénible à faire, v'lan ! c'est à moi que vous le colloquez...

RODOMONT. Vous êtes solidement bâtie, madame... Depuis que je vous connais, j'ai eu le temps d'étudier votre constitution. Travailler beaucoup et manger peu, voilà ce qu'il vous faut. Mais laissons cela, je n'ai pas le temps d'ergoter avec vous.

TOTOCHE. Quel ours! *(Elle retourne repasser.)*

RODOMONT, *appelant.* Sacripant!

SACRIPANT, *descendant de son escabeau.* Monseigneur!

RODOMONT. Quoi de nouveau ?

SACRIPANT. Rien, monseigneur. Ah! si : je viens de donner l'hospitalité a trois pèlerins blancs dont deux gris.

RODOMONT. Déjà ?...

SACRIPANT. Ce n'est pourtant pas ce que je leur ai donné à boire.

RODOMONT, *vivement.* Et qu'est-ce que tu leur as donné à manger ?

SACRIPANT. Rien, monseigneur.

RODOMONT, *d'un air bon homme.* Rien... C'est ce que je leur donne habituellement. As-tu convoqué les musiciens de ma musique ordinaire?

SACRIPANT. Seigneur, ils se sont mis en grève... Ils demandent de l'argent...

RODOMONT. De l'argent! Des musiciens qui demandent de l'argent!... où allons-nous!... Combien sont-ils ?

SACRIPANT. Onze clarinettes.

RODOMONT. Prête-moi cent sous, Sacripant !... Tu les mettras sur ta note...

SACRIPANT, *lui donnant cent sous de mauvaise grâce.* Soyez tranquille... (*Ecrivant sur son calepin.*) Aujourd'hui premier septembre quinze francs... *(Il retourne coller.)*

RODOMONT. Cinq francs pour onze clarinettes... Cinq francs divisés par onze clarinettes..... En cinq combien de fois onze?... Je n'ai pas l'habitude de diviser par des clarinettes, et ça me gêne... Voyons... en cinq... je pose... et je retiens... Ah ! ma foi ! je retiens tout pour moi, ils n'auront rien, c'est ce que je leur donne d'habitude... Mais mon Dieu, que faut-il que je fasse?.. Faut-il donc que je vende ma couronne?...

TOTOCHE, *laissant tomber son fer à repasser sur le pied de Rodomont.* Ciel !...

RODOMONT. Aïe! Vous dites, madame !...

TOTOCHE, *ramassant son fer.* Rien... je repasse.... *(Elle repasse avec rage.)*

RODOMONT. Elle est en or massif... ma couronne!... C'est le dernier vestige de mon ancienne splendeur.

ANGÉLIQUE, *naïvement.* Eh! bien, papa, je ne vois pas ce qui vous empêche de la brocanter.

RODOMONT. La broc.... *(Par réflexion regardant Merlin.)* Education de famille... La brocanter?... une couronne qui m'a été léguée par mes aïeux, qui se transmet de mâle en mâle!... Jamais !... jamais!...

TOTOCHE. Je défaille... *(S'approchant de Merlin qui prépare à gauche tout ce qui est nécessaire pour faire la barbe à Rodomont.)* Merlin...

MERLIN. Madame....

TOTOCHE, *bas.* L'as-tu, la couronne ?

MERLIN, *bas.* Pas encore... On me l'a promise pour tout à l'heure... (A Rodomont, qui s'est retourné, lui montrant la savonnette.) Ça va mousser...

RODOMONT, *surpris.* Ils se sont parlé bas... Je suis sur une piste... je ne la lâche pas...

TOTOCHE, *repassant.* Ah ! mon Dieu !... mon Dieu ! pourvu qu'il l'ait!

RODOMONT. Ça sent le roussi.. Madame, vous brûlez ma fraise...

TOTOCHE. Ce n'est rien.... c'est l'empois.... *(montrant la fraise qui est toute roussie.)*

MERLIN, *avançant une chaise au milieu du théâtre.* Si monseigneur veut s'asseoir...

RODOMONT. Volontiers... *(Il s'assied.)* Sacripant !

SACRIPANT. Oh! il m'embête! il ne le fait pas exprès, mais il m'embête... *(Descendant de son escabeau.)* Quoi, monseigneur?

RODOMONT. Alors la musique va nous manquer?...

SACRIPANT. Non, non... Je me suis entendu avec un ménestrel, le jeune Médor, l'ancien sous-maître de Merlin...

MERLIN, *mettant sa savonnette sur une chaise à côté de Rodomont.* Que j'ai mis à la porte...

RODOMONT, *l'interrogeant.* L'homme au lai ?...

SACRIPANT. L'homme au lai...

RODOMONT. Tu es convenu du prix?...

MERLIN. Il ne demande rien...

RODOMONT. Très-bien... C'est ce que je donne habituellement.

SACRIPANT. Il a même promis d'amener avec lui un de ses collègues...

RODOMONT. Parfait... Nous les annoncerons comme deux jumeaux... les deux frères Dijonnais très-demandés dans les cours... Ça fait bien.. *(A Merlin qui lui met une serviette au cou.)* Prends garde, tu serres trop... Allons, allons, chaud, chaud, mes enfants, travaillons, travaillons... Nous n'avons plus qu'un quart d'heure... Chaud ! chaud !

QUINTETTE.

TOUS LES CINQ.

Travaillons, travaillons, travaillons !

TOTOCHE, *repassant.*

Repassons, repassons
Pendant que le fer est chaud !

SACRIPANT, *collant du papier.*

Collons, collons,
Collons encore ce rouleau !

MERLIN, *son rasoir à la main.*

Rasons, rasons ;

ANGÉLIQUE, *cousant les couronnes.*

Cousons, cousons !

TOTOCHE.

Repassons, repassons!

SACRIPANT.

Collons !

MERLIN.

Rasons !

ANGÉLIQUE.

Cousons !

TOUS LES CINQ.

Travaillons !

ANGÉLIQUE.

Pour orner le front du vainqueur,
Vivement je confectionne
Avec du papier de couleur
Une magnifique couronne.

TOTOCHE, *lui montrant la couronne qu'elle tient.*

A propos de ceci,
De la coiffure du mari,
Ecoute bien, ma douce amie,
Ecoute bien, je t'en supplie !

COUPLETS.

I

Je dois, en essuyant un pleur,
Te donner ici, c'est l'usage,
Quelques conseils partis du cœur,
Concernant ton futur ménage.
Angélique, écoute ce cri :
Ah ! que toujours ta vertu brille...

(*Avec sentiment.*)

Si ce n'est pas pour ton mari,
Fais-le du moins pour ta famille ! (*bis.*)

II

Ton époux un jour t'ennuiera,
Je dois t'en prévenir d'avance.
Ton cœur alors soupirera
En rêvant une autre existence !
Ton foyer, voilà ton abri.
Fuis les amours de pacotille.

(*Avec sentiment.*)

Si ça n'est pas pour ton mari,
Fais-le du moins pour la famille ! (*Bis.*)

RODOMONT.

(*Parlé.*) Encore un mot.

III

Puisque nous parlons sans façon,
Il nous reste un dernier chapitre.
Il vous faudrait un rejeton
Pour lui transmettre notre titre.
Cet enfant, ce bébé chéri
Sera plus tard notre béquille.
Si ça n'est pas pour ton mari...
Qu' ce soit du moins pour ta famille ! (*Bis.*)

(*Un huissier du palais paraît au fond.*)

L'HUISSIER. Seigneur... le chevalier Roland est
là qui demande à vous parler...

RODOMONT. Le chevalier Roland... impossible !...
Sacripant qui colle... ma barbe qui n'est pas
faite... ma femme qui repasse, dis-lui de repasser
un autre jour... Nous ne sommes pas visibles...

L'HUISSIER. Bien, seigneur !... (*Allant au fond.*)
Entrez, chevalier !...

RODOMONT. Imbécile !... Voilà comme on est
servi !...

(*Roland entre, Rodomont s'est levé vivement et va à
sa rencontre la serviette au cou et tout un côté de
la figure barbouillé de savon.*)

SCÈNE IV

LES MÊMES, ROLAND.

RODOMONT, *s'avançant vers Roland en lui présen-
tant le côté de sa figure où il n'y a pas de savon.*
Pardon, chevalier, pardon... Vous nous surpre-
nez au milieu d'occupations les plus triviales...
Le ménage n'est pas encore fait... (*A Totoche.*)
Cachez votre fourneau... (*A Roland.*) Nous sommes tout sens dessus dessous... (*A Sacripant.*) Cache ton pot à colle... (*A Roland, auquel il présente
toujours le côté de sa figure qui n'est pas savonné.*)
Vous nous excuserez... (*A lui-même.*) En me pré-
sentant comme ça, il ne verra pas le savon...

ROLAND. Comment donc ! comment donc !... Je
connais ça... moi, le matin dans ma chambre c'est
un fouillis... Ne vous gênez pas, je vous en prie...
Ma visite est un peu sans façon... mais j'ai tenu
à venir vous dire ceci : Dans la grande joute qui
va avoir lieu, je ne vise pas la montre, je ne vise
pas les flambeaux...

RODOMONT, *montrant Angélique.* Alors, vous visez
ma fille.

ROLAND. Oui !

ANGÉLIQUE, *à part.* Puisse-t-il être adroit !

MERLIN, *à part, regardant Roland.* Il penche
pour l'innocence, il n'est pas pour le solide.

ROLAND. Je vise votre fille et avant de descendre
dans la lice et de combattre pour la conquérir,
je viens vous demander la permission de lui faire
une déclaration d'amour !

ANGÉLIQUE, *avec joie.* D'amour !

RODOMONT, *à Roland.* Devant tout le monde ?

ROLAND. Devant tout le monde.

RODOMONT. Voulez-vous vous débarrasser de votre
pardessus ?

ROLAND. Je n'en ai pas.

RODOMONT. Allez-y !... je n'y vois pas d'inconvé-
nients !

ROLAND, *se jetant à son cou et l'embrassant.* Ah !
merci... (*Il l'embrasse sur sa joue pleine de savon et
s'en remplit la figure.*) Ah ! pouah !... qu'est-ce que
c'est que ça ?

RODOMONT, *l'essuyant avec sa serviette.* C'est du
savon... ça n'est pas mauvais... c'est hygiéni-
que... On était en train de me barbifier... Allez,
allez, déclarez-vous.

ROLAND, *s'adressant à Angélique.*

COUPLETS.

I

Puisque j'y suis autorisé,
Apprenez donc, belle Angélique,
Que mon cœur est tout embrasé
Des feux d'un amour volcanique.
Ce cœur brûlé, carbonisé
Par votre beauté mirifique,
Aurait besoin d'être arrosé...
C'est une fleur de rhétorique.

Refrain.

Belle, à ma supplique
Soyez sympathique.
Si je prends la rime en ique,
C'est qu'elle s'applique
Au son d'Angélique
Lequel s'harmonise avec votre beauté magique.

II

ROLAND.

Voyez, je suis de frais rasé,
De peur que ma barbe ne pique.

J'ai l'œil bleu, le cheveu frisé,
J'ai des charmes dans le physique;
Si je ne suis pas écrasé
Par un rival trop énergique,
Vous aurez un époux bronzé,
Parfait, complet... et mélodique.

Refrain.

Belle, à ma supplique,
Étc.

RODOMONT, *à sa fille.* C'est une déclaration d'amour en ique... Comment la trouves-tu, Angélique?

ANGÉLIQUE, *avec enthousiasme.* Magnifique!

RODOMONT. La rime t'entraîne !... contiens-toi !...

ANGÉLIQUE. Tenez, chevalier, prenez cette écharpe, elle vous portera bonheur. (*Elle détache l'écharpe qui est à sa ceinture et la donne à Roland*).

ROLAND, *prenant l'écharpe, l'embrasse et la met autour de lui en sautoir.* Ah! merci, princesse, maintenant je suis invincible.

(*Fanfares en dehors.*)

RODOMONT. Saprelotte !.. Les fanfares qui annoncent le commencement du tournoi... Il n'y a plus que cinq minutes... Et ma barbe qui n'est pas faite... (*Se rasseyant.*) Merlin! vite, vite... (*Merlin le savonne et commence à le raser. A Roland.*) Vous permettez?

ROLAND. Faites donc! faites donc...

RODOMONT, *pendant que Merlin le rase.* Vous comprenez... une barbe de huit jours... Je ne pourrais pas décemment coiffer ma couronne... qui est en or massif...

TOTOCHE, *fléchissant.* La couronne... ah! mon Dieu!... mon Dieu!... (*Tirant Merlin par son habit.*) Il me la faut... il me la faut tout de suite... Allez la chercher!

MERLIN, *qui tient Rodomont par le nez et lui parlant à Totoche.* Mais je ne peux pas... vous voyez bien que je suis tenu, c'est-à-dire que je le tiens !...

TOTOCHE. Oh !... pas une minute de retard!... (*Lui prenant son rasoir et sa place.*) Donnez-moi ça, je vais le continuer... (*A Merlin.*) Allez, allez ! (*Merlin sort. Totoche se met à raser Rodomont.*)

RODOMONT, *s'apercevant de la substitution.* Comment, madame... vous... et Merlin?

TOTOCHE, *le rasant.* Une affaire pressée... Ne bougez pas, ou je vous coupe...

ROLAND. Quoi! duchesse, de vos mains sérénissimes... Non! je suis chevalier français, je ne souffrirai pas... (*Lui prenant le rasoir et se mettant à sa place.*) Donnez-moi ça, je vais le continuer... (*Il rase Rodomont.*)

RODOMONT, *s'apercevant de la substitution.* Roland !... c'est Roland maintenant!

ROLAND, *le rasant.* Ne bougez pas, ou je vous coupe !... (*Nouvelles fanfares très-bruyantes, midi sonne.*)

SACRIPANT. Midi !... Les chevaliers sont en lice. Ça commence !...

ROLAND, *vivement.* Ça commence !... (*Donnant le rasoir à Sacripant.*) Finissez-le !... (*Avec élan.*) Je cours dans la lice !... Angélique, je resterai sur le carreau, ou j'obtiendrai votre main !... (*Il sort vivement.*)

SACRIPANT, *lavant le menton de Rodomont.* C'est fini !... (*A part.*) Il en reste un peu, mais ça sera pour une autre jour...

RODOMONT, *se levant.* Enfin !... il était temps. Vite, vite, ma cape !

SACRISPANT, *la lui mettant.* Voilà !...

RODOMONT. Ma fraise...

TOTOCHE, *la lui mettant.* Voilà... Prenez garde, elle est mûre...

RODOMONT. Mes gants !...

ANGÉLIQUE, *les lui donnant.* Voilà... Dépêchons-nous, papa, dépêchons-nous.

RODOMONT. J'y suis... viens. (*Revenant vivement.*) Ah !... et ma couronne que j'oubliais !...

TOTOCHE. Patatras !

RODOMONT. Angélina, ma couronne...

TOTOCHE, *balbutiant.* Mon ami... je vais... vous la chercher... Elle est dans mon armoire... sur la planche du haut... Descendez toujours... je vais vous l'apporter.

RODOMONT, *mécontent.* Vous ne pensez à rien !... (*Fanfares.*)

ANGÉLIQUE, *au fond.* Papa, c'est commencé...

RODOMONT. Comme c'est amusant ! Je vais attraper un coup de soleil... (*A Totoche.*) Dépêchez-vous, au moins... (*A Angélique.*) Viens, ma fille... (*Il sort avec elle.*)

TOTOCHE, *très-troublée.* A l'instant, mon ami, à l'instant !... (*Elle tombe accablée sur un fauteuil. On entend au dehors la foule qui salue l'arrivée du Grand-Duc, par les cris : Vive Rodomont ! Fanfares.*)

SCÈNE V

TOTOCHE, SACRIPANT.

SACRIPANT, *apercevant Totoche à moitié évanouie.* Ciel !... évanouie !... (*Courant à elle.*) Qu'avez-vous, Angélina?

TOTOCHE. Perdue !... je suis perdue !...

SACRIPANT. Perdue... Que signifie? Expliquez-vous.

TOTOCHE. Vous voulez connaître mon secret... Eh bien, soit! Je n'aurai plus rien de caché pour vous.

SACRIPANT. C'est tout ce que je demande.

TOTOCHE. Je veux dire que vous allez enfin avoir l'explication du luxe que je déploie dans mes accoutrements.

SACRIPANT. Parlez! parlez ! Vous m'effrayez!...

TOTOCHE, *tirant des papiers de sa poche.* Tenez, Sacripant, tenez, regardez ce monceau de papiers... Ce sont les factures de mes fournisseurs. Voyez... parfumerie, sept cent cinquante-deux francs soixante-quinze centimes. Fausses-nattes, neuf cent trente-huit francs quarante centimes. Couturière, quatre mille deux cent soixante-trois francs quatre-vingts centimes, et cœtera, et cœtera... (*Elle remet les factures dans sa poche.*) Vous vous demandez comment j'ai fait pour payer tout cela, n'est-ce pas ?... Je vais vous l'apprendre. (*Musique.*) Qu'est-ce que c'est que ça?

SACRIPANT. C'est le tournoi qui commence.

TOTOCHE. Tout à l'heure vous avez entendu le duc vous demandait sa couronne.

SACRIPANT, *suivant le mouvement que lui imprime Totoche, et balançant sur un motif de polka joué en sourdine à l'orchestre.* Oui, eh bien ?...

TOTOCHE, *continuant ce mouvement sans l'accentuer beaucoup.* Eh bien ! je ne l'ai plus... Pour vous plaire, Sacripant, pour vous plaire, j'ai voulu briller et miroiter entre toutes... avec mes soixante-quinze francs par mois... Ce n'était pas possible... Alors, une de ces idées, comme il ne vous en vient qu'une fois tous les dix ans, une idée fatale, traversa mon cerveau... La couronne du duc était là... dans mon armoire... Cet or massif m'a fasciné... Je me suis dit : Il ne la met jamais, c'est une cinquième roue à un carrosse... Je l'ai prise dans mes mains fièvreuses et je l'ai vendue !... (*Cachant sa tête dans ses mains.*) Oui, vendue ! !!... (*Naturellement.*) J'en ai eu six mille francs. Elle pesait fichtre bien quinze cents grammes !...

SACRIPANT, *suivant toujours le mouvement de polka et l'accentuant un peu davantage.* Mazette !... Mais vous deviez bien penser qu'un jour ou l'autre il la demanderait.

TOTOCHE, *même jeu.* J'ai prévu cela... Aussi en ai-je fait faire une toute pareille en zinc, qui me coûtera dans les trente-sept à trente-huit francs...

SACRIPANT, *même jeu.* Au point de vue financier, cette combinaison ne manque pas d'habileté... Que craignez-vous, alors ?...

TOTOCHE, *même jeu.* Mais je ne l'ai pas !... Je ne l'ai pas... Merlin me l'avait promise pour ce matin... et Merlin n'arrive pas !

SACRIPANT, *qui a fini par polker assez fort.* Je comprends !... Que dire au duc ?

TOTOCHE, *polkant très-fort également.* Que lui dire ?... que lui dire ?...

SCÈNE VI

LES MÊMES, RODOMONT.

RODOMONT, *entrant furieux.* Eh bien, et cette couronne ?... (*Apercevant Totoche et Sacripant qui dansent, et suivant le mouvement malgré lui.*) Qu'est-ce que c'est que ça ? Qu'est-ce que vous faites là à sauter tous les deux ?... En voilà assez !... Ma couronne, madame, ma couronne...

TOTOCHE, *avec désespoir.* Allons, il n'y a pas moyen d'y arriver... Il faut avouer... (*Se jetant aux pieds de Rodomont.*) Casimir, tuez-moi... je ne l'ai plus...

RODOMONT, *abasourdi.* Qu'est-ce que vous dites ? (*Musique.*)

SCÈNE VII

LES MÊMES, MERLIN.

Il entre précipitamment par la petite porte de droite ; il est couvert de poussière, essoufflé, tremblant sur ses jambes, il peut à peine se soutenir, il tient à la main un foulard.

MERLIN, *à Sacripant, bas, lui passant le foulard.* La voilà !

SACRIPANT, *passant le foulard à la Duchesse, bas.* La voilà !

TOTOCHE, *tendant machinalement le foulard au Duc.* La voilà !

RODOMONT, *prenant le foulard.* Comment, la voilà ! Vous me dites : Je ne l'ai plus... et vous ajoutez : La voilà !... Vous moquez-vous de moi ?

MERLIN. Dépliez.

SACRIPANT. Dépliez.

TOTOCHE, *machinalement.* Dépliez.

RODOMONT, *ouvrant le foulard.* Déplions ! Mais oui ! c'est elle ! c'est bien elle !...

MERLIN. Reluisante !...

SACRIPANT. Reluisante !...

TOTOCHE, *machinalement.* Reluisante !

RODOMONT, *l'admirant.* Une glace !... on se mirerait dedans...

MERLIN. Elle était terne...

SACRIPANT. Les armoires sont humides...

MERLIN. Et la duchesse l'avait donnée...

SACRIPANT. A nettoyer...

TOTOCHE, *à Rodomont.* A nettoyer, mon ami...

RODOMONT. Alors, c'est une surprise...

TOTOCHE. Que je vous ménageais... (*Se jetant dans ses bras*) Oui, Casimir !...

SACRIPANT, *à Merlin.* Le patron l'a gobée !...

MERLIN. Parbleu ! il la gobe toujours... (*Fanfares et hurrahs prolongés au dehors.*)

RODOMONT. Le tournoi est fini... sapristi ! et je n'étais pas là !

ANGÉLIQUE, *entrant vivement.* Papa, papa, on amène les vainqueurs !... C'est Roland qui sera mon époux !...

RODOMONT, *mettant sa couronne.* Mes enfants, plaçons-nous vite !...

TOTOCHE, *profitant de ce que Rodomont ne la regarde pas et sautant au cou de Merlin.* O mon sauveur, merci !...

RODOMONT, *qui s'est retourné et a saisi ce jeu de*

---

scène. La duchesse qui embrasse Merlin !... Je suis toujours sur ma piste ! Contenons-nous plus que jamais !... (*Montant sur l'estrade, à Angélique.*) Ma fille, à ma gauche !... (*A Totoche.*) Vous, duchesse, à ma droite. (*Totoche se place.*) L'armée au fond. (*Les huit Hommes d'armes se placent au fond.*) Sacripant, au pied de l'estrade. (*Sacripant se place. A Merlin.*) Et vous, Merlin, garnissez la droite... Allons, ça a de l'œil, je suis content !... (*Il s'assied.*)

SCÈNE VIII

RODOMONT, TOTOCHE, ANGÉLIQUE, *assis à gauche*, SACRIPANT, *au milieu*, MERLIN, *à droite*, ROLAND, AMADIS, LANCELOT, LEURS PAGES *et* LEURS VALETS, HOMMES D'ARMES, BOURGEOISES, PAYSANS, PAYSANNES, *se précipitant sur la scène.*

CHŒUR.

Honneur, honneur
Au grand vainqueur !
D'estoc, de taille
Comme il ferraille !
Ce guerrier, plein
De hardiesse,
Gagne la main
De la princesse !
Honneur honneur
Au grand vainqueur.

    } *Bis.*

(*Les cinq Chevaliers entrent soutenus par leurs Écuyers ; ils peuvent à peine se soutenir.*)

RODOMONT, *les regardant s'avancer.* Ils sont démolis !

ANGÉLIQUE, *regardant Roland.* Ah ! papa, comme on m'a abîmé mon futur !

RODOMONT. C'est le sort des armes... (*Se levant.*) Jeunes preux, je vais procéder à la distribution des prix que vous avez si bien gagnés... (*Sacripant passe une liste à Rodomont. Lisant.*) Premier prix : les flambeaux... le chevalier Lancelot du Lac...

LANCELOT, *avec joie.* Les flambeaux !... j'en ferai cadeau à Augustine !... (*Se traînant péniblement.*) Me voici...

RODOMONT, *lui donnant les flambeaux.* Continuez, mon ami, vous serez l'orgueil de votre famille... La duchesse va vous embrasser... (*Totoche lui met une couronne sur la tête et l'embrasse à plusieurs reprises.*) Assez, madame, assez ! songez que je tiens les flambeaux. (*A Lancelot.*) Allez vous asseoir. (*Lisant.*) Deuxième prix : la montre... le chevalier Amadis, des Gaules.

AMADIS, *avec joie.* La montre !... mettons-nous en mouvement. (*Se traînant péniblement.*) Aïe !... voilà !... aïe !...

RODOMONT, *lui donnant la montre.* Conservez avec soin cette orfévrerie... J'en ai cassé le grand ressort, pour qu'elle vous rappelle toujours cette heure mémorable... (*A Amadis qui va pour l'embrasser.*) Non, mon ami, c'est ma femme qui est chargée de cette corvée-là. A vous, madame. (*Totoche lui met la couronne sur la tête et l'embrasse à plusieurs reprises.*)

RODOMONT. Assez madame... assez donc ! Il n'y a que les bébés qu'on embrasse comme ça. (*A Amadis.*) Allez vous asseoir. (*Amadis se retire en poussant des cris à chaque pas.*) Troisième prix : la princesse Angélique, ici présente... le chevalier Roland !

ROLAND, *démarrant avec peine soutenu par deux Écuyers.* Oh ! la ! la ! (*S'avançant.*) Présent... (*Aux Écuyers.*) Lâchez tout ! Oh ! la ! la !

RODOMONT. Chevalier, à vous la main de ma fille. (*A Angélique.*) Donne la main, mon enfant. (*Continuant.*) Et plus tard, dans un avenir lointain, ma couronne... elle est en or... vous la transmettrez à vos mâles. (*A Totoche qui tient la couronne.*) A vous, madame.

ANGÉLIQUE, *faisant la moue.* C'est toujours maman qui embrasse... c'est ennuyeux!

RODOMONT. Touchante naïveté! (*Passant la couronne et la donnant à Angélique.*) Tiens coiffe-le toi-même... (*Angélique pose la couronne sur la tête de Roland et l'embrasse sur les deux joues.*)

ROLAND. Oh! la! la! l'épaule!

ANGÉLIQUE, *douloureusement.* Papa, il est en morceaux.

RODOMONT. Ça ne fait rien, quand les morceaux sont bons! Les chevaliers c'est comme la porcelaine, ça se recolle... Pour ranimer ces braves chevaliers, qu'on leur verse les vins les plus généreux. (*A part.*) Je crois qu'il nous reste un peu d'anis! (*Les deux Pages, avec des coupes, tiennent des flacons avec lesquels ils versent à boire à l'assemblée.*) Preux et vassaux, pour que cette fête ait un certain vernis, je me suis saigné pour vous donner un divertissement.

TOUS. Vive Rodomont!

RODOMONT. Qu'on fasse entrer les ménestrels! (*A l'assemblée.*) Ce sont des jumeaux, je ne vous dis que ça! (*Il se rassied sur son fauteuil.*)

SCÈNE IX

LES MÊMES, MÉDOR et MÉLUSINE, *en ménestrels. Ils entrent se tenant enlacés, leur guitare à la main.*

CHŒUR.

Qu'ils sont coquets! qu'ils sont charmants!
Leur mine est vraiment sans pareille;
Ils vont tous deux par leurs doux chants
Ravir et charmer nos oreilles.

MÉDOR.

Nous avons des refrains joyeux
Qui vont, je crois, vous satisfaire.

MÉLUSINE, *près de Roland.*

Et nous ferons de notre mieux,
Braves chevaliers, pour vous plaire.

ROLAND.

Grand Dieu! je reconnais ce son!

(*La regardant et la reconnaissant.*

C'est Mélusine!

MERLIN *et* LES CHEVALIERS.

C'est Mélusine.

MÉDOR, *bas à Mélusine.*

Passez-moi votre infusion.

(*Les Pages passent deux coupes à Médor.*)

MÉLUSINE.

Bravo! mon aspect les chagrine!

ROLAND.

C'est bien elle! c'est Mélusine!
Que vient faire ici ce crampon?

MÉLUSINE.

Je les chagrine!

ROLAND, MERLIN *et* LES CHEVALIERS.

C'est Mélusine.

MÉLUSINE.

Attention! j'improvise!
Voulez-vous que je vous dise
Quelques couplets en l'honneur
De Roland, l'heureux vainqueur?

CHŒUR

Oui, oui, chantez en l'honneur
De Roland, le grand vainqueur!

MÉLUSINE.

I

O grand Roland, orgueil de notre France,
Je veux chanter ta gloire et tes exploits!

Ton bras puissant et ta rare vaillance
Ont fait courber tes rivaux sous tes lois.
Des chevaliers, ô toi, le vrai modèle
Dans les champs clos tu fus toujours le roi!
Et quand tu fais des serments à ta belle,
Oh! non, jamais tu ne trahis ta foi!
Roland, Roland, je bois à toi!

Que le vin pétille
Que sa flamme brille,
Flamboie et scintille
Dans le pur cristal!
Liqueur enivrante,
Ta couleur brillante,
Ta chaleur ardente
Des joyeux plaisirs donnent le signal.

II

(*S'approchant de Roland, auquel Médor vient de verser à boire.*)

Jamais Roland, ne commets d'infamie,
Ne ternis pas ton illustre blason,
Car, tu le sais, pour la femme trahie
Tous les moyens sont bons, fer ou poison!...
Ne tremble pas, puisque ton âme est pure,
Lève ton front sans honte et sans effroi,
Mais si jamais tu devenais parjure,
Mais si jamais tu manquais à ta foi!
Roland, Roland, malheur à toi!

Que le vin pétille,
Etc.

(*Pendant ce couplet, Roland a fait tout ce qu'il a pu pour ne pas s'endormir ; il bâille, se détire les bras et chancelle à chaque instant.*)

TOTOCHE, *à Rodomont.*

Voyez donc Roland, comme il bâille?

ROLAND, *s'endormant.*

Je sens... comme un... je ne sais quoi!...

MÉLUSINE, *à son oreille.*

C'est ma liqueur qui te travaille.

MÉDOR.

(*Parlé.*) C'est le narcotique qui fait son petit effet.

ROLAND, *faiblement.*

A la garde! au secours! à moi!

(*Il tombe par terre endormi.*)

TOTOCHE.

Quelle étonnante aventure!
Voilà Roland qui s'abat!
C'est sans doute une blessure
Qu'il reçut dans le combat!

CHŒUR.

Quelle aventure étonnante!
Etc.

RODOMONT.

Vite des sels!...

(*A Totoche.*)

Donnez madame?

(*Il fouille dans la poche de la Duchesse.*)

TOTOCHE.

Flambée!... Ah! malheureuse femme!

RODOMONT, *qui a pris des papiers, lisant.*

(*Parlé pendant que la musique continue à l'orchestre.*)

Coiffeur, 938 fr. 40 c.; parfumeur, 752 fr. 75 c.; couturière, 4,263 fr. 80 c.

Ciel! qu'ai-je lu!

TOTOCHE, *bas à Sacripant.*

Tout est perdu!

SACRIPANT, *effrayé.*

Tout est perdu?
Il a tout lu?

CHŒUR.

Qu'a-t-il donc lu?

MÉLUSINE.

J'entrevois un mystère.
Quel est donc ce secret ?
De sa grande colère
Chacun craint ici l'effet.
Quant à moi, dans le silence,
Furieuse d'une offense,
Je médite la vengeance !
    Oui, la fureur   } *Bis.*
    Est dans mon cœur !   }

CHŒUR.

Quel est donc ce mystère ?
    Etc.

(*Pendant ce chœur on a emporté Roland.*)

RODOMONT, *d'un air farouche.*

Saisissez Merlin et la reine,
Et qu'à l'instant on les enchaîne.

MÉLUSINE.

J'ai réussi.

RODOMONT, *à Sacripant, d'un air farouche.*

Sur eux tu veilleras ici.

CHŒUR.

MERLIN *et les chevaliers.*

La colère
L'exaspère,
Mais pourquoi
Cet émoi ?
Quel mystère !
Pour lui plaire,
Au galop
Sortons tôt.

TOTOCHE *et* SACRIPANT.	RODOMONT.
La colère	La colère
L'exaspère.	M'exaspère.
J'en connoi	J'en connoi
Le pourquoi.	Le pourquoi.
Mon affaire	Son affaire
Est bien claire,	Est bien claire,
Et mon lot	Et son lot
N'est pas beau.	N'est pas beau.

MÉLUSINE *et* MÉDOR.	ANGÉLIQUE.
La colère	La colère
L'exaspère,	De mon père,
Notre exploit	Quel effroi
Est adroit.	Me fait froid !
Bonne affaire !	Quel mystère
Du mystère	Pour lui plaire !
Notre lot	Au galop
Est fort beau.	Sortons tôt.

FIN DU DEUXIÈME ACTE

ACTE III

—

CHEZ MÉLUSINE

Le théâtre représente un jardin magnifique, à droite un petit pavillon ouvert laissant voir Roland endormi sur un sopha; cette ouverture est fermée par des tentures. — A droite le palais de Mélusine, avec un large perron orné de guirlandes de fleurs. — Statues. — Bosquets.

SCÈNE PREMIÈRE

MÉLUSINE, ROLAND, *endormi dans le pavillon,* AMADIS, LANCELOT, RENAUD, OGIER, FLEUR-DE-NEIGE, CAZILDA, PRIMEVÈRE, ROSA-LINDE, FEMMES *et* SUIVANTES DE MÉLUSINE.

(*Au lever du rideau, Mélusine vêtue de gaze est debout près du pavillon de droite. Elle regarde Roland endormi. Roland est vêtu de soie rose et couronné de fleurs, Amadis, Lancelot, Renaud et Ogier, également vêtus de soie jaune, blanche, verte, et couronnés de fleurs, sont aux pieds de Fleur-de-Neige, Casilda, Primevère et Rosalinde, compagnes de Mélusine, et chacun d'eux dévide de la soie en tournant un rouet.*)

CHŒUR *des* QUATRE CHEVALIERS, *des* QUATRE DAMES *et* QUATRE ÉCUYERS.

Dévidons, dévidons,
Dévidons la soie,
Et passons, et passons
Nos jours dans la joie!

CHŒUR.

MÉLUSINE, *et ses suivantes, jetant des fleurs sur le lit de Roland.*

Autour du preux semons les fleurs,
Le lis et la rose vermeille,
Afin que leurs fraîches couleurs,
Charment ses yeux, s'il se réveille !

LES CHEVALIERS.

Dévidons, dévidons,
Dévidons la soie

LES FEMMES.

Semons les fleurs,
Le lis et la rose vermeille !

LES CHEVALIERS.

Et passons
Nos jours dans la joie !

LES FEMMES.

Que leurs couleurs
Charment ses yeux, s'il se réveille.

MÉLUSINE, *regardant Roland endormi dans le pavillon.*

Il dort toujours !... quel narcotique !
J'en ai trop mis... c'est évident !

ROLAND, *rêvant.*

Qu'elle est belle ! ô mon Angélique !

MÉLUSINE, *vexée.*

Toujours ce nom, c'est chagrinant !
C'est taquinant !

LES FEMMES.

C'est taquinant !

LES CHEVALIERS.

Dévidons,
Dévidons la soie !

MÉLUSINE.

Je renonce à mes beaux jours,
Je renonce aux artifices ;
Adieu ! légères amours !
Adieu ! futiles caprices !
J'entrevois un sort plus doux !
Je veux un titre qui sonne,
Roland sera mon époux,
Cela vaut bien une couronne !
Roland, mon idole,
De toi je suis folle,
O mon beau vainqueur,
Car je t'aime avec flamme
Et je veux que ton âme
Partage même ardeur.
O Vénus, déesse puissante,
Toi qui m'embrase de tes feux,
Écoute ma voix frémissante.
Sur moi daigne abaisser les yeux.
    Ah !...
Sur moi daigne abaisser les yeux.

Roland, mon idole,
    Etc.

Ah ! Vénus, Vénus, je t'implore !
Fais qu'il m'adore !
Reine immortelle des amours,
Fais qu'il soit à moi pour toujours.

MÉLUSINE, *regardant Roland.* Voilà deux jours
qu'il dort ainsi ! Allons, j'ai eu la main trop lourde
lorsque je lui ai versé ce narcotique. (*Elle quitte
le pavillon après avoir fermé les rideaux.*)

AMADIS. C'est bien singulier, avant-hier nous
avons assisté au mariage de Roland avec Angélique... Le lendemain des noces le mari avait disparu, et hier nous l'avons retrouvé ici toujours
endormi !... C'est bien singulier !

MÉLUSINE. Vous trouvez ?... C'est bien simple
pourtant !... Après l'assoupissement de Roland,
Rodomont retarda forcément la cérémonie, qui
n'eut lieu qu'une heure après... Mais lorsqu'on
partit pour la chapelle, j'avais eu le temps d'enlever Roland et de faire endosser au jeune Médor une armure tout à fait semblable à celle du
chevalier.

OGIER. Ah ! bah ! Comme ça, c'est Médor....

MÉLUSINE. C'est Médor qui a épousé Angélique
aux lieu et place de Roland.

AMADIS, *se frappant le front.* En effet, je me
rappelle maintenant que pendant toute la cérémonie, le futur est resté casqué en tête et visière
baissée... prétendant qu'il avait fait vœu, s'il
était vainqueur, de garder son armure pendant
trois jours !

LANCELOT. Ça a dû bien le gêner pour dormir.

AMADIS. Il faut croire qu'il s'est enfui dès le
lendemain, car le duc Rodomont nous a dit hier
matin : Mon gendre a disparu, courez chez Mélusine... Il doit y être... et ramenez-le-moi !
Nous sommes venus, mais nous avons trouvé ici
des femmes charmantes... (*Il regarde Fleur-de-
Neige.*)

OGIER, *regardant Primevère.* Ravissantes !...

RENAUD, *regardant Rosalinde.* Adorables !..

LANCELOT, *regardant Casilda.* Et nous sommes
restés !

AMADIS. Quant au duc Rodomont, il faut avouer
qu'il n'a pas de chance ! Non-seulement il gémit
sur la fuite de Roland, mais Sacripant, son
grand sénéchal a disparu aussi, et quant à sa
femme et à Merlin qu'il avait fait enfermer, ils
ont réussi à s'évader et il ignore où ils sont.

MÉLUSINE. Que nous importe le duc ?...
Ne pensons plus à lui, et soyons tout à
l'amour et au plaisir... Mes calculs cabalistiques
m'ont appris que Roland se réveillerait aujour-
d'hui même... c'est pour cela que je prépare
une grande fête en son honneur... Je veux qu'à
son réveil, ébloui, fasciné, il se roule à mes
pieds en me suppliant de porter son nom.

LES CHEVALIERS. Il s'y roulera... il s'y roulera...
et s'il ne s'y roule pas, nous l'y roulerons.

FLEUR-DE-NEIGE. Madame, il y a là un jouvenceau qui demande à vous parler... il dit qu'il
s'appelle Médor.

MÉLUSINE. Médor !... qu'il entre !.. (*Aux Chevaliers.*) Nous allons apprendre du nouveau.

SCÈNE II

LES MÊMES, MÉDOR, *sous le costume de Roland,
moins le casque, et tenant un petit paquet au
bout d'un bâton.*

MÉLUSINE. Comment c'est vous, Médor ?

MÉDOR, *sanglotant.* Hi ! hi ! hi ! hi !

MÉLUSINE. Oh ! oh ! Vous avez du chagrin, à ce
qu'il paraît. Voyons il ne faut pas pleurer comme
ça, c'est bébette... Séchez vos yeux. (*Elle lui
sèche les yeux avec son mouchoir.*)

MÉDOR, *prenant le mouchoir.* Merci, madame...
C'est fini, je suis sec. (*Il met le mouchoir dans sa
poche.*)

AMADIS, *à part.* Il fait le mouchoir.

MÉLUSINE. Est-ce que vous n'avez pas épousé
Angélique aux lieu et place de Roland ?...

MÉDOR. Si, madame, on nous a même conduits
dans la chambre des époux, où nous avons passé
la soirée à faire de la musique... Angélique me
pria de lui chanter une romance dont elle avait
entendu parler.

TOUS. Une romance ? (*Les femmes s'approchent,
Médor s'arrête et les regarde d'un air embarrassé.*)

MÉDOR. Une romance. (*Fredonnant.*) Trou, trou,
la la !...

MÉLUSINE. Oui, oui... Ces demoiselles la con-
naissent... Après ?..

MÉDOR. Ah ! Après... C'est justement là où ça
se gâte. Angélique me dit : Mon ami, quelle
drôle d'idée vous avez de garder votre casque...
ôtez-le donc, c'est ridicule... J'ai eu beau lui ré-
pondre que c'était un vœu, elle persiste, et
comme je résistais, elle m'enlève adroitement
ma coiffure et la jette dans le fossé qui se trou-
vait au pied de la fenêtre.

MÉLUSINE. Ciel ! Alors elle vous a reconnu ?

MÉDOR. Non ! grâce à l'obscurité qui nous entou-
rait, j'ai pu encore garder mon incognito pendant
quelques heures, mais au petit jour...

AMADIS. Au petit jour, moi, j'aurais tout avoué.

MÉLUSINE, *à Amadis.* Vous ignorez, chevalier,
que Médor m'a juré de garder le secret jusqu'au
moment où Roland serait devenu mon époux.
(*A Médor.*) Qu'est-ce que vous avez fait au petit
jour ?

MÉDOR. J'ai pris mon cœur à deux mains... j'ai
contemplé Angélique qui sommeillait doucement... (*Éclatant en sanglots.*) Je me suis sauvé
et, et, je suis accouru ici...

MÉLUSINE, *prenant le mouchoir d'une de ses femmes et essuyant les yeux de Médor.* Pauvre garçon !

MÉDOR, *prenant le mouchoir et se tamponnant les
yeux.* Merci, madame, vous êtes bonne. (*Il met
le mouchoir dans sa poche.*)

AMADIS, *le regardant.* Encore !... il doit être bien
monté en linge.

MÉDOR. Ah ! madame, venez à mon secours,
rendez-moi Angélique... c'est ma femme, je suis
son époux... je ne peux pas m'en passer !...

MÉLUSINE. Allons, calmez-vous, on vous la ren-
dra... je vous le promets, mais surtout plus de
larmes... Je veux que tout ici respire la joie et
le plaisir.

PRIMEVÈRE, *accourant.* Madame... madame!

MÉLUSINE. Qu'y a-t-il ?

PRIMEVÈRE. C'est le duc Rodomont qui est à la
grille du parc et qui demande à entrer.

MÉLUSINE. Le duc Rodomont ! Que vient-il faire
chez moi ? Réclamer Roland sans doute.

PRIMEVÈRE. Il est accompagné d'un homme de
loi et de plusieurs gens d'armes.

MÉLUSINE. Des gens d'armes... Qu'on lui ouvre
donc. Mais quant à Roland, il ne l'aura pas, foi
de Mélusine! (*Aux Chevaliers.*) Chevaliers, recevez le
duc et débarrassez-m'en le plus vite possible.
(*Aux Dames.*) Venez, mesdames, la collation est
servie dans la salle des orangers.

CHŒUR.

Vite ! mettons-nous à table
Puisque le couvert est mis;
Dans un repas confortable
Savourons les mets exquis. } *Bis.*

Vite! mettez-vous à table
Puisque le couvert est mis ;
Dans un repas confortable
Savourez les mets exquis.

(Rodomont paraît au fond avec Angélique. Mélusine suivie de ses femmes et de Médor sort par la droite.)

SCÈNE III

RODOMONT, ANGÉLIQUE, AMADIS, LANCELOT, OGIER, RENAUD, UN HOMME DE LOI, DEUX GENS D'ARMES. *(Rodomont en costume de voyage se précipite en scène avec Angélique qu'il tient à son bras. Il est suivi de l'Homme de loi et de deux Gens d'armes.)*

RODOMONT. Oui, j'entrerai... oui, j'entrerai! *(Apercevant les quatre Chevaliers.)* Mais je ne me trompe pas... je reconnais ces militaires... ou plutôt, non! je ne les reconnais pas... Amadis, Lancelot... sous la soie et le velours... Ah! je comprends tout... *(Aux Chevaliers.)* Il y avait des femmes ici.

AMADIS, *avec hauteur.* Nous sommes majeurs, que vous importe?

RODOMONT. Vous deviez me ramener mon gendre!

AMADIS. Hé! nous ne sommes pas des rameneurs.

RODOMONT. O décadence! Vous me l'aviez juré, messieurs. Voyons, répondez-moi, qu'avez-vous fait de Roland? Où est Roland?

AMADIS. Roland,.. sais pas... nous ne l'avons pas vu.

RODOMONT. Vous ne savez pas,.. O décadence! Tenez, Amadis, je vous croyais un preux, vous n'êtes qu'un faux preux. Vous n'avez jamais coiffé votre tête que du casque de l'audace, que surmontait encore le cimier du mensonge et le panache de l'impudence.

AMADIS, *avec hauteur.* Monsieur, je ne causerai pas plus longtemps avec un homme qui a trop bien déjeuné.

RODOMONT, *sautant.* Trop bien... moi qui n'ai mangé qu'une sardine avec ces messieurs...

ANGÉLIQUE. Papa, ne vous échauffez pas.

RODOMONT. Je veux m'échauffer... Oui, je comprends, on voudrait me dépister, mais je sais que Roland est ici, et il faudra bien que Mélusine me le rende. Oh! ces amours de contrebande, on croit les avoir arrachées de son cœur, mais c'est comme les fusils de munition,.. ça repousse toujours!...

ANGÉLIQUE, *pleurant.* Ah! papa! ah! papa! que tu m'affliges!

RODOMONT. Sois forte, Angélique. Vois, moi, je suis fort, et pourtant tout le monde m'abandonne. Sacripant m'a quitté le premier, avant même ton mariage... Ma femme et Merlin se sont enfuis, enfin, Roland a disparu à son tour... C'est une fuite générale, tout me manque, tout me glisse, tout me craque; je ne décolère pas, mais je conserve toujours une parfaite égalité d'humeur. Du reste, c'est assez causé, nous allons agir vigoureusement, je vais te repêcher ton époux et dire son fait à Mélusine. Donne-moi le bras. *(Il va pour entrer dans le château.)*

AMADIS, *et LES AUTRES, barrant le chemin.* Impossible, on n'entre pas.

RODOMONT, *avec hauteur.* Chevaliers, je suis duc, *(embrassant Angélique)* je suis père,.. je suis duc et père, vous voyez en moi, le père, le duc, de plus je suis armé... et vous ne l'êtes pas. Il me serait pénible de vous insinuer mon sabre dans l'estomac... Donc faites moi place.

AMADIS. C'est différent!... *(Les quatre Chevaliers s'écartent respectueusement.)*

RODOMONT. Pénétrons,.. messieurs les gens d'armes. *(Il entre dans le château suivi d'Angélique, de l'homme de loi et des deux gens d'armes.)*

AMADIS, *aux autres Chevaliers.* Suivons-les! chevaliers!... Ça va être drôle!... *(Ils entrent à la suite des autres.)* — *(Pendant les dernières répliques on a vu Roland écarter les rideaux du pavillon, se détirer les bras et se frotter les yeux. Il regarde autour de lui avec étonnement et se lève. Musique à l'orchestre pendant ce jeu de scène.)*

SCÈNE IV

ROLAND, *sortant du pavillon.*

RÉCITATIF.

Où suis-je?... Et quel est donc le jardin que voici?
Depuis combien de temps dormais-je en ces lieux-ci?
Ah ça! j'ai donc rêvé!... Mais, oui, c'était un rêve!...
Cristi! j'aurais donné dix sous pour qu'il s'achève!...

I

Je me voyais assis à table,
C'était un superbe festin,
Le service était confortable,
Les mets choisis et le vin fin!
Le xérès à pleine bouteille
Répandait sa liqueur vermeille,
On entendait de vagues cris,
Nous étions, je crois, un peu gris;
Bref! pour couronner cette agape,
Nous allions rouler sous la nappe.

(Ton doucement vulgaire.)

Nom d'un pépin! que c'est ennuyeux!

(Ton distingué, genre Capoul.)

C'était un songe,
Un doux mensonge!

(Reprise du ton vulgaire.)

Nom d'un pépin! que c'est ennuyeux,
Ça n'est pas sérieux!

(Regardant autour de lui.)

Mais c'est très-curieux, je ne connaissais pas du tout cette partie de l'habitation du papa Rodomont. *(Il remonte au fond en examinant. Pendant ce jeu de scène, Angélique sort du palais, Médor la suit.)*

SCÈNE V

ROLAND, *au fond,* ANGÉLIQUE, MÉDOR, *sous son costume de ménestrel.*

ANGÉLIQUE. Ah! quelle scène!.. Cette Mélusine ne veut rien entendre... elle refuse de me rendre mon époux.

MÉDOR, *à part.* Son époux,.. mais c'est moi qui suis son... *(Arpentant le théâtre avec rage.)* Tant pis, j'aime mieux tout avouer avant que la bombe n'éclate.

ANGÉLIQUE, *le regardant.* Quelle agitation!

MÉDOR. Oui, je suis agité! *(Avec force.)* Angélique, j'ai quelque chose d'intime... de très-intime à vous dire.

ANGÉLIQUE. Une confidence... Ah! voyons.

MÉDOR. Il s'agit de votre mari.

ANGÉLIQUE. De mon mari... Parlez, parlez vite.

MÉDOR, *avec force.* Oui, Angélique, oui, votre époux est ici... Et non-seulement il est ici, mais il est près de vous... à vos côtés... et..

ANGÉLIQUE, *apercevant Roland qui est redescendu*

à gauche, et courant à lui. C'est vrai, c'est vrai... le voilà !

MÉDOR, *à part.* Roland !.. que le diable l'emporte !

ROLAND. La princesse !

ANGÉLIQUE. Ah ! mon petit chéri !.. quel bonheur de te retrouver !

ROLAND, *à part, avec surprise.* Mon petit chéri... Comment, elle me tutoie !

ANGÉLIQUE. Voyons, embrasse-moi donc.

MÉDOR, *à part, avec rage.* Devant moi... Ah !

ROLAND, *de plus en plus surpris.* Que je vous... Volontiers, princesse...

ANGÉLIQUE. Princesse ! Ce n'est pas ainsi que tu m'appelais, il y a deux jours... Souviens-toi.

ROLAND, *cherchant.* Je me souviens... que je me suis endormi... voilà tout.

ANGÉLIQUE. D'abord... mais ensuite, tu t'es réveillé... tu m'as conduite à la chapelle.

ROLAND. A la chapelle... C'est drôle... la chapelle m'échappe... J'ai une lacune... Alors nous sommes mariés?

ANGÉLIQUE, *baissant les yeux.* Mais oui...

ROLAND, *appuyant sur les mots.* Complètement mariés?

ANGÉLIQUE, *même jeu.* Complètement.

ROLAND. Vous me le dites... Enfin.

MÉDOR, *à part.* Comment, il croit... Diable !... (*S'avançant.*) Permettez...

ROLAND. Qu'est-ce que c'est que ce garçon? Éloignez-vous, serf, vous devez comprendre que vous êtes de trop...

MÉDOR, *vexé.* Serf !

ANGÉLIQUE. Oui, Médor, oui... Allez-vous-en... vous nous gênez.

MÉDOR, *à part.* Je les gêne... et c'est ma femme qui me dit ça.

ROLAND, *impatienté, lui faisant signe de sortir.* Eh bien ! serf...

MÉDOR, *à part.* Serf ! Encore ! Il m'agace avec son serf ! Serait-ce une prédiction?... (*Haut.*) Je m'éloigne... je m'éloigne... (*A part.*) Mais je n'irai pas loin... Oh ! non !... (*Il disparaît et se cache derrière un massif d'arbres.*)

ANGÉLIQUE, *à Roland.* Voyons, monsieur, venez vous asseoir là, près de moi... et d'abord, sachez que je vous pardonne vos torts envers moi... mais à une condition, c'est que vous allez être aussi aimable qu'il y a deux jours.

MÉDOR, *derrière le massif d'arbres.* Sapristi !

ROLAND. Ah ! il y a deux jours, j'étais...

ANGÉLIQUE. Vous étiez bien gentil... bien gentil. Vous vous mettiez à mes genoux en murmurant tout bas : « Cher ange... je t'aime... je t'adore. »

ROLAND. Bon... bon... et ensuite?

ANGÉLIQUE. Ensuite... vous m'avez... chanté une romance.

ROLAND. Une romance?

ANGÉLIQUE. Oh ! la jolie romance !... et comme vous la chantiez bien !... (*Lui passant les bras autour du cou, et d'une voix suppliante.*) Ah ! mon petit mari, je t'en prie, chante encore...

ROLAND. C'est incroyable... je ne me souviens pas du tout...

ANGÉLIQUE, *vexée.* Comment?

ROLAND. J'ai une lacune... Dites-moi seulement le premier couplet... je renchaînerai... je renchaînerai...

ANGÉLIQUE, *un peu vexée.* Soit... mais je vous préviens que si vous continuez à ne vous souvenir de rien, je me fâcherai... Écoutez.

COUPLETS.

I

Il est un mot qu'on répète
Chaque jour,
Un mot aimé du poète,
C'est l'amour !

Qu'il est doux ce mot: Je t'aime !
Qu'il est doux !
Aimer c'est le bien suprême !
Aimons-nous !   } *Bis.*

ANGÉLIQUE, *à Roland.* A votre tour maintenant !

ROLAND. Attendez... Chantez-moi seulement le deuxième couplet ! Ça va venir ! ça va venir... (*Il se plonge la tête entre ses mains.*)

MÉDOR, *derrière le massif d'arbres.*

Vivre loin de son amie,
Quel martyr !

ANGÉLIQUE, *surprise, prêtant l'oreille.* Hein ! cette voix !

ANGÉLIQUE, *continuant.*

Il n'est plus dans cette vie
De plaisir !

MÉDOR, *en s'éloignant sur la pointe du pied.*

Qu'il est doux ce mot: Je t'aime !

ANGÉLIQUE.

Qu'il est doux !

ENSEMBLE.

Aimer c'est le bien suprême
Aimons-nous.   } *Reprise ensemble.*

(*Médor disparaît au fond.*)

ANGÉLIQUE, *après l'ensemble.* C'est étrange, Roland est là... et la voix de ce côté... Oh ! je saurai quel est ce chanteur. (*Elle sort en courant par la droite.*)

ROLAND, *sortant de ses réflexions.* Ah ! je le tiens, je le tiens ! Eh bien !... elle est partie.

MÉLUSINE *paraît sur le perron du palais en riant aux éclats.* Ah ! ah ! ce pauvre duc !

ROLAND, *au fond.* Mélusine ! sapristi !... Tâchons de rattraper ma femme. (*Il sort en courant.*)

SCÈNE VI

MÉLUSINE, AMADIS, LANCELOT, OGIER et RE-NAUD, *qui la suivent ainsi que les dames, puis* MERLIN, TOTOCHE *et* SACRIPANT, *en saltimbanques.*

MÉLUSINE, *descendant du perron en riant.* Ah ! ah ! il n'est pas fort ce cher Rodomont.

AMADIS. Nous l'avons forcé à trinquer avec nous, et au deuxième verre, il s'est endormi sur la table.

MÉLUSINE. Tant mieux, nous sommes débarrassés de lui, ne songeons plus qu'à nos plaisirs. J'ai justement fait engager à la fête voisine une troupe de saltimbanques qui ne peuvent tarder à venir.

FLEUR-DE-NEIGE. Mais ils sont là... ils attendent vos ordres.

AMADIS. Des histrions, c'est charmant.

MÉLUSINE, *à Fleur-de-Neige.* Qu'ils entrent... (*Aux Chevaliers.*) Nous allons juger de leurs talents... Plaçons-nous, messieurs, plaçons-nous.

FLEUR-DE-NEIGE, *au fond.* Entrez, entrez. (*A Mélusine.*) Les voici.

SACRIPANT, *au fond, à Totoche et à Merlin.* Mes enfants, c'est de la belle société ici... soyons distingués !

TOTOCHE. Et soignons notre entrée !... (*Ils se prennent par la main, s'avancent vivement et font un grand salut, puis ils se séparent, frappent dans leurs mains, prennent une pose, et immédiatement après, Merlin prend à sa ceinture un cor de chasse, Totoche une clarinette et Sacripant un basson.*)

MERLIN, *annonçant.* Le vieux cor, la jeune clarinette et le galant basson, romance de la vie intime!... J'attaque...

COUPLETS.

I

MERLIN.

Dans un orchestre forain
Un vieux cor était voisin
D'une jeune clarinette
Douce, charmante et bien faite!
Si bien qu'un certain matin
Le vieux cor lui dit: Mamzelle,
Veuillez accepter ma main,
C'est ce que fit la donzelle;
Et désormais tout le jour
Ce fut un duo d'amour. } *Bis.*

MERLIN, *joue du cor,* Ton, ton, ton.
TOTOCHE, *joue de la clarinette.* Tu,
tu, tu. } *Duo d'amour.*

TOUS LES TROIS *ensemble.*

Sur les bords du Tage,
De Londres à Passy,
Dans plus d'un ménage
Ça se passe ainsi ! } *Bis.*

II

TOTOCHE.

Mais au bout de quelques mois
Le vieux cor fut aux abois
La clarinette, peu tendre,
Le traitait comme un cassandre !
Le cor, dans son pavillon,
Exhalait tout bas sa rage,
Il voulut hausser le ton,
Si bien que dans leur ménage,
Ils faisaient, femme et mari,
Un bruyant charivari !

MERLIN, *joue du cor* Ton, ton, ton.
TOTOCHE, *joue de la clarinette.* Tu,
tu, tu. } *Duo de colère.*

TOUS LES TROIS.

Sur les bords du Tage,
De Londres à Passy,
Dans plus d'un ménage
Ça se passe ainsi !

III

SACRIPANT.

Mais dans l'orchestre, un beau jour,
Vint un basson fait au tour ;
L'agaçante clarinette
Lui fit de l'œil en cachette !
Elle dit à son époux:
C'est l'ami de ma famille,
Il faut l'inviter chez nous,
Et je serai bien gentille !
J'y consens, dit le vieux cor,
Il nous donnera l'accord !

MERLIN *joue du cor.*
Ton, ton, ton !
TOTOCHE *joue de la clari-*
nette. Tu, tu, tu !
SACRIPANT *joue du bas-*
son. Boum ! Boum! } *Trio d'un ménage bien uni.*

TOUS LES TROIS.

Sur les bords du Tage,
De Londres à Passy,
Dans plus d'un ménage
Ça se passe ainsi !

TOUS, *applaudissant.* Bravo! bravo!
MÉLUSINE. Très-bien ! très-bien !
MERLIN. Cette voix !... (*Il regarde Mélusine.*)
MÉLUSINE, *le reconnaissant.* Eh mais! je ne me trompe pas ! c'est Merlin!
MERLIN. Mélusine !... Ah bah !
MÉLUSINE. Merlin, saltimbanque... un enchanteur!

MERLIN, *tristement.* On m'a retiré ma patente !
AMADIS, *surpris.* Mais, il me semble reconnaître aussi le grand sénéchal... (*plus surpris encore.*) et la duchesse Totoche !...
TOTOCHE, *à Amadis.* Hélas ! oui, mon bon monsieur... Nous avons eu des malheurs... Voilà où nous a conduits la jalousie concentrée d'un époux barbare !...
SACRIPANT. Obligé de parader dans les foires !... moi, un homme du monde! Oh ! malheur !
TOTOCHE. Obligée de me disloquer en public, moi, une femme titrée! mais la couture est si mal payée aujourd'hui !...
MÉLUSINE. Quelle dégringolade !.. Soyez tranquilles, ici vous serez largement rétribués... Qu'avez-vous à m'offrir pour récréer mes invités?
SACRIPANT, *avec volubilité.* Les choses les plus variées... Nous commencerons par la danse de corde, nous continuerons par la perche merveilleuse, et nous terminerons cette brillante représentation par une série de tours de toute espèce.
MÉLUSINE. Très-bien, commencez... A qui le tour ?
SACRIPANT, *prenant la main de Totoche.* Exercices de mademoiselle Angélina sur la corde raide, âgée de dix-sept ans... née à Beaugency...
TOTOCHE. Avec ou sans balancier !...
SACRIPANT. Seulement... comme la corde nous manque, nous allons en simuler une avec de la craie, ce qui revient absolument au même... c'est même plus difficile, car on est exposé à danser à côté sans s'en apercevoir. (*Il trace avec Merlin une grande ligne à la craie qui va de l'avant-scène au milieu du théâtre; on place à chaque bout un petit chevalet.*)
MERLIN. A vous, Angélina.
(*Totoche salue la société, puis donne la main à Merlin, qui a l'air de l'aider à monter sur la corde. Elle s'appuie sur le chevalet du fond et tend ses semelles à Sacripant, qui y met du blanc. De l'autre côté Merlin lui donne un balancier. Danse. Merlin et Sacripant, placés chacun d'un côté de la corde, ont l'air de suivre ses mouvements avec anxiété et comme prêts à la recevoir en cas de chute. Totoche fait semblant de perdre l'équilibre.*)
AMADIS, *se levant.* Ah! mon Dieu !... elle va tomber !
SACRIPANT. Nous sommes là en cas de danger pour la recevoir dans nos bras !... (*Totoche rattrape son équilibre.*) Genou corde !... (*Totoche s'agenouille sur la corde.*) En arrière! (*Totoche danse en reculant. Après la danse, elle feint de sauter à terre. fait un grand salut au public et lui envoie des baisers.*)
TOUS. Bravo !.. (*Totoche revient saluer le public.*)
AMADIS, *s'avançant vers Totoche.* Ah ! parfait... Ah! délicieux... Il faut que je vous baise la main. (*Il lui prend la main et l'embrasse. Merlin lui envoie un coup de pied.*) Ah! que c'est bon !... l'autre ! (*Il lui prend l'autre main et l'embrasse. Sacripant lui donne un coup de pied.*) Ah! mais dites donc ?
SACRIPANT, *à Merlin.* Comment, vous vous permettez de frapper monsieur, un homme si bien couvert, vous n'êtes qu'un insolent !
MERLIN, *à Sacripant.* Et vous, un drôle ! (*Ils s'allongent deux soufflets qu'Amadis reçoit, puis ils le saluent cérémonieusement.*)
AMADIS. Sapristi! mais j'ai tout reçu.
MERLIN. Oh! pour tout reçu il faut un timbre. (*Il lui met un timbre sur la joue. Sacripant lui en pose un sur l'autre.*)
AMADIS. Je suis en règle, mais j'ai eu tort de me commettre avec ces gens-là.
SACRIPANT, *au public.* Nous allons continuer par les exercices de la perche merveilleuse par les deux frères Caoutchoutos. (*Ils se posent et remontent.*)

TOTOCHE. Pendant que ces messieurs se préparent, je vais faire un dernier tour... c'est le tour du monde... On donne ce que l'on veut, ce sont mes petits profits (*Faisant la quête.*) Allons, messieurs, n'oubliez pas la petite danseuse.

MERLIN, *à Sacripant.* À nous deux... Va, mon frère. (*Sacripant tient la perche dans un gobelet attaché sur son ventre, Merlin lui monte sur les reins, et de là sur les épaules et des épaules il grimpe sur la perche.*) Tiens bien, frère!

SACRIPANT. As pas peur, frère. (*Merlin arrive au haut de la perche. Il s'y pose gracieusement et annonce:* Le Génie de la Bastille : le bras de fer! *Il se met ensuite à plat ventre et fait semblant de nager; il annonce :* École de natation sous Louis XIII. *Diverses poses, après différents lazzis; on entend au dehors un grand bruit de vaisselle cassée.*)

TOUS. Qu'est-ce que c'est que ça?

RODOMONT, *en dehors.* Ventremahon! Ça ne se passera pas comme ça.

TOTOCHE, *effrayée.* Ciel! c'est là la voix de Rodomont.

SACRIPANT, *lâchant la perche.* Le duc! sauve qui peut! (*Il sort avec Totoche.*)

MERLIN, *en haut de la perche.* Frère... frère! tu m'abandonnes! (*Les invités s'éloignent peu à peu par le fond.*)

SCÈNE VII

RODOMONT, MERLIN, MÉLUSINE, LES QUATRE CHEVALIERS ET LES QUATRE DAMES.

RODOMONT, *entrant, furieux, la serviette au cou, sa couronne de travers.* Madame, on ne se fait pas ces choses-là... Ma dignité, les convenances... (*Il se cogne dans la perche et la saisit à pleines mains.*) Qu'est-ce que c'est que ça?

MERLIN, *descendant de la perche.* Sauvé! éclipsons-nous!

RODOMONT, *stupéfait le voyant s'éloigner.* Il pleut des singes! (*A Mélusine.*) Madame, madame, en voilà assez! en voilà trop! Rendez-moi l'époux de ma fille!

MÉLUSINE. Son époux, il ne l'est pas, il ne le sera jamais!

RODOMONT. Permettez!... Angélique elle-même m'a certifié...

MÉLUSINE. Et moi, je vous dis que c'est faux, puisque j'ai fait enlever Roland avant la cérémonie.

RODOMONT. Avant la cérémonie, allons donc!.. Mais cet homme soigneusement casqué qui l'a conduite à l'autel.

MÉLUSINE. Eh! cet homme n'était pas Roland! (*Aux Seigneurs et aux Dames.*) Suivez-moi... (*Elle sort avec sa suite.*)

RODOMONT, *stupéfait.* Pas Roland!... (*Seul.*) Mais quelle aventure! quelle aventure! Ma fille mariée à un casque inconnu!... Mais qui donc s'était fourré sous cette carapace? J'ai beau chercher, je ne vois pas!... (*Se frappant le front.*) Ah! mais si! Sacripant!... Sacripant, disparu juste au moment de la cérémonie, et introuvable depuis!... C'est clair! Plus de doute, c'est lui qui a épousé ma fille... Mais où le retrouver maintenant... où?

SCÈNE VIII

RODOMONT, SACRIPANT, *entrant par la droite, tient en équilibre sur son nez un bâton au bout duquel est un saladier.*

SACRIPANT. Ça va bien!... ça va bien! (*Il se cogne contre Rodomont et lui fait tomber le saladier sur la tête.*) Pardon!

RODOMONT. Faites donc!... (*Le reconnaissant.*) Sacripant!... lui! lui! en paillasse!..

SACRIPANT. Le duc!... saperlotte!... (*Il veut s'esquiver.*)

RODOMONT, *le retenant et le ramenant en scène.* Un instant... Nous avons un petit compte à régler ensemble.

SACRIPANT. Un petit compte?..Je vois ce que c'est, vous voulez me rembourser les avances que je vous ai faites.

RODOMONT. Te donner de l'argent... pour qui me prends-tu?... De l'argent!... à toi, qui as porté le trouble dans mon intérieur!

SACRIPANT, *à part.* Sapristi! il aura pincé ma correspondance, et il sait que j'ai fait la cour à sa femme...

RODOMONT, *se calmant tout à coup, et à lui-même.* Si je fais du scandale, ma fille est compromise... Soyons conciliant.

SACRIPANT, *à part.* Je ne suis pas à mon aise...

RODOMONT. Écoute, Sacripant... un autre à ma place entrerait dans une colère violente... J'en aurais le droit... (*D'un ton débonnaire.*) Voilà ce qu'il faut se dire : Ça ne remédierait à rien.

SACRIPANT, *vivement.* Oh! à rien, évidemment... (*A part.*) Où veut-il en venir?...

RODOMONT, *de plus en plus bonasse.* Ce qui est fait est fait... Seulement j'aurais préféré beaucoup que tu vinsses tout m'avouer toi-même et que tu me disses... là... franchement : C'est ça, ça et ça. J'aurais vu là une marque de confiance qui m'aurait beaucoup flatté.

SACRIPANT. J'étais si loin de m'attendre que ça flatterait Votre Seigneurie. (*A part.*) Voilà un drôle de mari.

RODOMONT. J'ai des idées très-larges sur ces choses-là... pas d'amour-propre ridicule... Tu l'aimes, n'est-ce pas? C'est tout ce que je te demande. Seulement, je désire savoir comment cet amour est né, comment il a grandi... enfin, je réclame quelques détails.

SACRIPANT, *surpris.* Vous voulez des détails?

RODOMONT. Ça me fera plaisir...

SACRIPANT, *s'inclinant.* Du moment que ça vous est agréable... Monseigneur, ça date de votre dernier voyage... C'était par une de ces belles matinées de printemps... Les hannetons étaient en fleurs... de jolis petits nuages roses couraient à l'horizon... elle m'avait demandé mon bras pour faire un tour dans le parc... Tout à coup!... (*S'arrêtant.*) Dois-je continuer, monseigneur?

RODOMONT. Certainement... ça m'attache beaucoup, ça m'attache même énormément.

SACRIPANT. Tout à coup des gouttes d'eau d'un diamètre insensé se mettent à tomber... Nous nous réfugions dans un kiosque naturel tapissé de verdure... Rien de joli comme un kiosque naturel tapissé de verdure, par une belle matinée de printemps, lorsque de jolis petits nuages roses courent à l'horizon et que les hannetons sont en fleurs... On entendait au loin de sourds roulements précurseurs d'un de ces orages si imposants dans les gorges abruptes des monts Krapacks... Tout à coup!... (*S'arrêtant.*) Dois-je continuer, monseigneur?...

RODOMONT. Puisque je te dis que ça m'attache!

SACRIPANT. Tout à coup la foudre éclate... Éperdue... tremblante... elle cherche des yeux un refuge... J'ouvre machinalement mes bras... elle s'y précipite machinalement... je dépose un baiser sur son front... un seul baiser!... Voilà ma faute!

RODOMONT. Bon!...

SACRIPANT. Voilà, monseigneur, voilà comment je suis devenu amoureux de la duchesse Totoche...

RODOMONT, *bondissant.* La duchesse! Comment... c'était la duchesse?

SACRIPANT, *très-surpris.* Vous ne le saviez pas... Que croyiez-vous donc alors?

RODOMONT, *furieux.* Je parlais de ma fille... Et tu oses m'avouer cela en face!...

SACRIPANT. Vous m'avez demandé des détails.

RODOMONT, *tirant son sabre.* Sacripant... tu vas mourir.

SACRIPANT. Je proteste.

RODOMONT. C'est ton droit... Le mien est de t'embrocher, (*s'avançant sur lui*) et je t'embroche.

SCÈNE IX

LES MÊMES, TOTOCHE.

TOTOCHE, *voyant la scène.* Grand Dieu!

RODOMONT, *apercevant Totoche.* Ma femme... en sauteuse!... c'est complet!

TOTOCHE, *s'avançant.* Qu'allez-vous faire?

RODOMONT. Je vais tuer votre galant, madame!

TOTOCHE, *avec force.* Ah! c'est une bonne idée, Casimir!...

SACRIPANT, *stupéfait.* Hein? Comment!...

RODOMONT, *ricanant.* Vous trouvez?

TOTOCHE. Enfin, je vais donc être débarrassée de lui!... Il y a assez longtemps qu'il m'obsède de ses déclarations.

SACRIPANT. Qu'est-ce qu'elle dit?

TOTOCHE, *à Sacripant.* Et dire que c'est pour un pareil histrion que je tromperais l'homme le plus noble, le plus délicat, le plus magnanime, car tu es tout cela, Rodomont!

RODOMONT. Je suis tout cela... et bien d'autres choses encore!

TOTOCHE. Maintenant, je puis le dire, je le déteste... Tiens, venge-toi... venge-moi... ou plutôt, non, ce n'est pas de ta noble main qu'il doit périr, passe-moi ton sabre et laisse-moi cette âpre volupté de me faire justice à moi-même.

RODOMONT. Voilà un bon mouvement, Angélina. Voici mon Châtellerault. (*Lui tendant le sabre.*) A vous l'honneur! j'aurai mon tour.

TOTOCHE. Merci!... merci d'avoir confiance en moi... (*Brandissant le sabre et s'avançant sur Sacripant qui recule.*) Vous allez voir... (*Arrivée près de Sacripant, elle lui tend le sabre en lui disant.*) Tenez, Sacripant, il est sans armes maintenant... En voici une!... Je n'ai pas besoin de vous indiquer la manière de vous en servir...

SACRIPANT, *joyeux.* A la bonne heure!

RODOMONT, *anéanti.* Je suis refait!

SACRIPANT, *s'avançant sur Rodomont.* A nous deux!

RODOMONT. Je proteste!

SACRIPANT. C'est ton droit... Le mien est de t'embrocher, (*s'avançant sur lui*) et je t'embroche!...

RODOMONT. Transigeons... je suis le plus faible... transigeons! J'en ai assez de cette existence. La grandeur ne m'a offert que des déboires... je vais donner ma démission. Le mariage ne m'a procuré que des ennuis... je divorcerai. Mes vassaux, mon castel... mon ménage, je te fais un bloc de tout, et je te cède mon fonds moyennant une pension de retraite de douze cents francs... Ça te va-t-il?

SACRIPANT. Ça me va. Baise mon pan.

RODOMONT, *cherchant la basque.* Il n'y en a pas.

SCÈNE X

LES MÊMES, MERLIN, SEIGNEURS, DAMES, LES QUATRE CHEVALIERS, *puis* MÉDOR *et* ANGÉLIQUE.

CHŒUR.

Amis, accourons en ces lieux,
Où pour nous le plaisir s'apprête.
Déjà ce château merveilleux
Retentit du bruit de la fête.

ROLAND, *entrant par la droite.* Impossible de rejoindre Angélique.

MERLIN, *accourant par le fond.* Monseigneur, monseigneur, voici votre fille qui s'avance au bras de Roland.

ROLAND, *stupéfait.* A mon bras... comment?

MERLIN. Hein! Mais je viens de vous voir là-bas, en chevalier, avec votre casque... et tenez, vous voilà. (*Mélusine entre avec Angélique et Médor. Ce dernier sous le costume de Roland.*)

ROLAND. C'est trop fort!

RODOMONT. Quel est donc ce Roland de contrebande?

MÉLUSINE. Vous allez le savoir... regardez. (*Elle ôte le casque à Médor.*)

TOTOCHE, RODOMONT *et* SACRIPANT. Le ménestrel!

ANGÉLIQUE. Oui, le ménestrel... mon époux.

MÉDOR. Les trois jours sont écoulés... mon vœu est accompli, et si quelqu'un veut me disputer ma femme, qu'il s'avance. (*Il brandit son épée.*)

ROLAND, *furieux.* Ah! il faut que je fasse un malheur!... (*Tranquillement.*) Mélusine, je vous épouse.

MÉLUSINE. Enfin!

TOTOCHE, *avec sentiment.* C'est d'un noble chevalier!

RODOMONT.

(*Motif de la ronde du premier acte.*)

Pour notre fille à marier,
Aventure fantasque,
Le bonheur veut qu'au chevalier
On ait soustrait son casque?
Or ceci prouve encore un coup
Que s'il est dans la vie
Une chose qui mène à tout
C'est la chevalerie.
Jamais plus joli métier
Ne va dans le monde
Que celui du chevalier
De la Table-Ronde.

TOUS.

Jamais plus joli métier,
Etc.

FIN

840   Paris. — Typographie Morris père et fils, rue Amelot, 64.

PARIS

MORRIS PÈRE ET FILS
Rue Amelot, 64